Sieben Meere
Sieben Verbrechen

Hans-Erich Viet, Usch Luhn, Kai Kurgan,
Jutta Oltmanns, Andreas Scheepker,
Lübbert R. Haneborger und Silke Arends

Sieben Meere
Sieben Verbrechen

Mit Kurzportraits der ostfriesischen Meere

Edition **OSTFRIESLAND MAGAZIN** | Premium

Ostfriesland Verlag – SKN

Sieben Meere – Sieben Verbrechen

Mit Kurzportraits der ostfriesischen Meere
Hans-Erich Viet, Usch Luhn, Kai Kurgan, Jutta Oltmanns, Andreas Scheepker, Lübbert R. Haneborger und Silke Arends

Das Buch erscheint in der Edition Ostfriesland Magazin,
herausgegeben von Silke Arends und Lübbert R. Haneborger

1. Auflage 2017
ISBN 978-3-944841-39-7

Bibliografische Information der Deutschen Nationalbibliothek:
Die Deutsche Nationalbibliothek verzeichnet diese Publikation in der Deutschen Nationalbibliografie; detaillierte bibliografische Daten sind im Internet über http://dnb.dnb.de abrufbar.

Verlagsanschrift:
Stellmacherstraße 14, 26506 Norden
Internet: www.skn.info, E-Mail: verlag@skn.info

Lektorat: Inge Straatmann, Vera Wasilewski
Umschlaggestaltung / Layout: Wiebke Rocker
Konzept / Produktion: Silke Arends / Lübbert R. Haneborger
Meeresportraits: Silke Arends

Bildbearbeitung: Karsten Patzelt

Anzeigenakquise: Werner Kuper
Grundschrift: Caslon Regular

Druck und Gesamtherstellung:
SKN Druck und Verlag GmbH & Co. KG / Printed in Germany

Fotos: Ostfriesland Bild – SKN Druck und Verlag GmbH & Co. KG, Martin Stromann; außer: Silke Arends (Titel, S. 28, S. 53 [1], 94–97, 99), Historische Seefahrt e.V. Hooksiel (S. 78, 79), Danny Schulz, www.multicopterproductions.de (S. 142/143, 166/167)

Autorenfotos (S. 168–170): Thomas Fröhling, Bianca Ites-Buck, Maria Dittrich, Hans-Erich Viet, Ilka Perk, Johannes Ludwigs, Silke Arends

Soviel steht fest: Dies sind Kriminalgeschichten, nicht mehr und nicht weniger. Nicht alle Personen und Handlungen sind frei erfunden. Die Kulissen ähneln der Realität. Und bleiben doch Kulissen.

Inhaltsverzeichnis

„Denjenigen, der das begehrt, was ausreicht,
bringt auch das schäumende Meer nicht aus der Ruhe.“
– Horaz –

Mörderische Krimis mit Tiefgang

Das Meer ist der Sehnsuchtsort schlechthin. Deshalb muss es einen nicht verwundern, dass es Leute gibt, die auf dem Weg zur ostfriesischen Küste dem Hinweisschild „Großes Meer“ folgen. Dort angekommen, ist der eine Zeitgenosse ob des überschaubaren Wassers vielleicht enttäuscht, der andere verbucht das „Große Meer“ gegebenenfalls für sich als Entdeckung. So oder so: Wem das widerfährt, der muss spätestens dann begreifen, dass in Ostfriesland die Binnengewässer „Meere“ heißen – angeblich, damit man sie von der großen Nordsee unterscheiden kann. Und da Ostfriesland eine wasserreiche Region ist, führen hierzulande viele Wege zu noch mehr Ufern.

Meere sind von jeher Orte, an denen sich Menschen finden und wieder verlieren, an denen sich Schicksalhaftes zuträgt, an denen sich Abgründe auftun. Entsprechende Legenden wurden auch den Seen angedichtet. Sie erzählen davon, wie mancher vergeblich versuchte, das rettende Ufer zu erreichen – und jämmerlich ertrank. Doch in Wahrheit ging so mancher unter, weil ihm die rettende Hand versagt wurde und nicht selten schlugen über jenem Unglückseligen dunkle und eiskalte Wellen zusammen, ohne dass sein Mörder jemals überführt werden konnte – ein Tatbestand, der schon viele Krimi-Autoren zu literarischen Exkursen „ins Boot“ geholt hat. Auch an Ostfrieslands Gestaden!

In dieser Krimi-Anthologie stellen wir deshalb sieben Meere und sieben Verbrechen vor. Es sind wahrlich nicht die legendenumwobenen sieben Weltmeere, aber hier wie dort Gewässer, die durchaus bedeutsam sind – und das nicht allein, weil flache Wasser bewegt und stille bekanntermaßen tief sind. Da Ostfriesland früher in weiten Teilen von Moor bedeckt war, geht manches seiner Meere auf jene Landschaftsform zurück. Dazu gehören beispielsweise das Große Meer, das ein natürlich entstandener Niedermoorsee ist, sowie das Ewige Meer und das Lengener Meer, die einzigen noch erhaltenen Hochmoorseen in Ostfriesland.

Das Ottermeer in Wiesmoor ist ein künstlich angelegter See, hat aber moorig-getrübtes Wasser, da er von einer Regenmoorlandschaft umgeben ist. Das Frauenmeer bei Timmel ist geomorphologisch betrachtet eine Pingo-Ruine, somit eine eiszeitliche Erscheinung, und eine sagenhafte obendrein: Einst sollen drei habgierige Frauen samt ihrer Habe ihr irdisches Ende im Frauenmeer gefunden haben. Das Hooksmeer in Hooksiel erstreckt sich über 60 Hektar und ist wie das Zwischenahner Meer in Bad Zwischenahn ein touristischer Tummelplatz – letzteres liegt zwar außerhalb der ostfriesischen Grenzen, wird aber bei den Küstenbewohnern als „Perle des Ammerlandes“ geschätzt und ist deshalb ein willkommener „Gast“ in dieser ansonsten ostfriesischen Kurzkrimi-Sammlung.

Wir freuen uns, Ihnen mit „Sieben Meere – Sieben Verbrechen“ die mittlerweile siebte Krimi-Anthologie aus dem „Ostfriesland Verlag – SKN“ präsentieren zu können. Lassen Sie sich auch in diesem Band von Land und Leuten inspirieren und tauchen auch dieses Mal ein in spannende Erzählungen – mit mörderischem Tiefgang.

Vielleicht entdecken Sie hernach an den von uns beschriebenen und den anderen ostfriesischen Meeren noch ganz andere Besonderheiten – aber bitte, ohne dabei den Boden unter den Füßen zu verlieren!

Silke Arends und Lübbert R. Haneborger

Großes Meer

Mein Leben ist wie leise See:
Wohnt in den Uferhäusern das Weh,
wagt sich nicht aus den Höfen.
Nur manchmal zittert ein Nahn und Fliehn:
Aufgestörte Wünsche ziehn
darüber wie silberne Möwen ...

Kai Kurgan

Stille Wasser

Er schlug die Augen auf. Aber der Traum war noch da.

Er spürte die wärmenden Strahlen der Sonne, obwohl sie schon fast in dem großen Schilfmeer auf der anderen Seite des Sees versunken war.

Er hörte, wie der Wind durch das Röhricht strich; er hörte das feine Surren der Halme.

Er roch die leicht moorige Luft über dem Wasser. Und er sah die Wellen tanzen. Mit schäumenden Kronen, auf die die Sonne wie als Abschiedsgruß noch ein Glitzern und Funkeln gesetzt hatte.

Und er konnte sie sehen.

Er sah, wie sie zwischen den schlanken Birkenstämmen lief. In einem weißen Kleid. Er sah ihr goldenes Haar, das wie ein Weizenfeld im Sonnenlicht wogte. Er sah, wie sie auf ihn zukam. Nein, sie schwebte. Wie eine Elfe. Ihr Lachen strahlte. Und ihre Augen auch.

Doch es war eben nur ein Traum. Aber wenn Träume die Brücke zum Glück sind, dann wollte er weiter träumen, um sie zu erreichen. Um sie noch einmal zu sehen. Um ihr noch einmal ganz nah zu sein. Doch der Schlaf und der Traum kamen nicht zurück. Und auch sein Glück nicht. Die Brücke war zerstört.

Sein ganzes junges Leben hatte Eimo in dem kleinen Ort am Großen Meer verbracht. Hier war er geboren, auf dem Hof seines Vaters, in dem Haus mit dem reetgedeckten Dach. Hier war er aufgewachsen und zur Schule gegangen. Hier hatte er immer mit seinem kleinen Bruder und seinen Freunden gespielt, die alle nichts kannten außer dem Leben am großen Wasser und für die selbst die nahe Stadt Emden ein weit entfernter Ort war. Jenseits des Ufers war eine andere Welt.

Das Große Meer war nicht so groß, wie es der Name verhieß. Doch für den jungen Eimo war es eine Welt der Wunder, die ihn jeden Tag etwas Neues entdecken ließ. Von dem Haus seiner Eltern bis zu den schilfgesäumten Ufern war es nur ein Katzensprung. Oft kam er mit Gerrit hierher, seinem kleinen Bruder, den er über alles liebte. Und dann saßen sie auf dem Steg und angelten. Und Gerrit quiekte vor Vergnügen, wenn endlich ein Rotauge oder eine Brasse am Haken zappelte. Im Sommer ging Eimo hier schwimmen mit seinen Freunden, und im Winter, wenn der Frost dem Land sein kaltes Kleid überstreifte, dann liefen sie Schlittschuh auf den weißen Weiten. Auch wenn die Eltern sie stets ermahnten, vorsichtig zu sein, so sorgten sie sich nie. Denn der See war nicht tief. Einem erwachsenen Mann ging das Wasser gerade bis zur Brust.

In jenem schicksalhaften Sommer, in dem sein Leben eine jähe Wendung nahm, hatte er die Schule fast beendet. Eimo war nun bald erwachsen. Er hätte eine Frau finden können, die ihm Kinder geschenkt hätte und er hätte als Bauer sein Auskommen gehabt auf dem Hof seines Vaters, den er sicher irgendwann übernehmen würde. Ja, er hätte hier glücklich und alt werden können. Doch an einem trüben Morgen im Mai kam sein Schicksal über das Große Meer.

Eimo war schon früh ans Wasser gegangen, hatte seine Angelrute ausgeworfen und döste im Schilf vor sich hin. Er wusste nicht, wie lange er dort so gelegen hatte, doch irgendwann weckte ihn ein Geräusch. Eine Stimme? Hatte ihn jemand gerufen? Oder war es nur ein Vogel gewesen? Er blinzelte in die Sonne und schaute um sich. Sein Blick fiel auf das Wasser. Keine Welle kräuselte sich darauf. Das war ungewöhnlich. Für gewöhnlich brachte immer ein leichter Wind die Wogen in Wallung. Doch diesmal stand alles still.

Dann sah er in einiger Entfernung einen hellen Fleck auf den Wellen. Er schützte seine Augen mit der Hand vor der blendenden Abendsonne, um besser sehen zu können.

Da trieb etwas. Ein Mensch!

Ohne zu zögern, hechtete Eimo zum Ufer und stürzte sich ins Wasser. Er war ein guter Schwimmer und hatte den weißen Fleck, den er gesehen hatte, schnell erreicht. Die letzten Meter watete er durch den See, denn auch hier war es nicht tief. Er sah ... eine Frau! In einem weißen Kleid. Sie trieb mit dem Gesicht nach unten und ihre langen, blonden Haare zerflossen auf dem Wasser wie die Strahlen eines goldenen Sterns.

Hastig packte er sie an den Schultern und drehte sie um. Sie hatte die Augen geschlossen. Ihr Gesicht war kreideweiß, die Lippen blau. War sie tot? Er zitterte und ein flaues Gefühl machte sich in seinem Magen breit. Mein Gott, sie war tot! Verzweifelt blickte er zum Ufer und schrie. Verdammt, ihm musste doch jemand helfen!

Ein Husten ließ Eimo innehalten. Das Mädchen, das er in seinen Armen hielt, röchelte und keuchte. Ein Schwall Wasser kam aus seinem Mund. Erschrocken ließ er sie los. Sie ruderte wild mit den Armen und als sie in das Wasser zurücksank, riss sie ihre Augen auf. Sie waren grün ... und voller Angst. Eimo packte sie erneut, bevor sie unterging, und zog sie hoch.

Fragend schaute sie ihn an.

„Wo bin ich? Was ..." Ihre Worte gingen in einem Hustenkrampf unter. Er stützte sie. Nach einer Weile beruhigte sich ihr Atem und sie starrte mit leerem Blick vor sich hin.

„Was ist passiert?" Eimo beendete ihre Frage. Doch sie schüttelte nur den Kopf – und begann zu weinen. Er legte seinen Arm um sie. Sie war kaum älter als er.

„Wo kommst du her?", fragte er behutsam. Mit zitterndem Finger deutete sie auf das andere Ufer des Großen Meeres.

Eimo runzelte die Stirn. Sie kam also von der anderen Seite. Was war geschehen? War es ein Unglück? War sie gar freiwillig ins Wasser gegangen? Sein Blick fiel auf ihren Hals. Ein roter Streifen zog sich darüber. Eimo erstarrte. Hatte sie etwa jemand unter Wasser gedrückt? Sie schien seine Gedanken zu erraten, denn sie hielt sich nun die Hände vor den Hals und schaute verlegen nach unten.

Nach einer Weile hatte sie sich beruhigt und sie liefen gemeinsam durch das Wasser zum Ufer zurück. Sie sprach dabei kein Wort. Als sie an Land gingen, ergriff sie Eimos Hand und schüttelte sie. „Hab vielen Dank. Das werde ich dir nie vergessen."

Er war sprachlos. Ihre Augen ... Dieses grüne Glitzern darin. Ihr Haar ... Es floss wie ein goldener Strom über ihre Schultern und ihren Rücken. Sie war wunderschön.

„Wie heißt du?", stammelte er.

„Isa", flüsterte sie. Dann eilte sie über den Pfad, der um den See führte, davon. Nach einigen Metern hielt sie noch einmal an. Sie blickte über ihre Schulter zu ihm zurück – und lächelte scheu. Dann verschwand sie zwischen den Birken am Ufer.

*

Isa ging ihm nicht mehr aus dem Sinn. Bei der Arbeit auf dem Hof, in der Stube beim Essen, in der Schule: immer wieder musste Eimo an sie denken. Tagelang dachte er, es sei nur ein Traum gewesen und sie nur eine Ausgeburt seiner verzehrenden Fantasie. Doch er sollte sie wiedersehen. Am nächsten Sonntag in der Kirche.

Eimo saß mit seinen Eltern und seinem kleinen Bruder Gerrit in einer der blau gestrichenen Bänke – blau wie das Himmelreich, das in der Kirche versprochen wurde. Gerrit schnitt Grimassen und er musste lachen – was ihnen beiden strafende Blicke ihres Vaters einbrachte. Als Eimo sich irgendwann umdrehte, erstarrte er: Keine Armlänge entfernt schritt ein Mädchen mit gesenktem Haupt durch das Kirchenschiff an ihm vorbei. Isa! Sie war allein und nahm zwei Reihen vor ihm Platz. Eimo spürte, wie sein Herz schneller schlug. Warum war sie hier? Sie wohnte doch am anderen Ufer.

Er wurde jäh aus seinen Gedanken gerissen, als die Orgel auf der Empore erklang und der alte, gichtgebeutelte Pastor Meier mit gequältem Blick die Kanzel erklomm. Die frohe Botschaft des Herrn, die der gebrechliche Geistliche verkündete, vernahm Eimo nicht. Die Worte drangen nur in Fetzen durch den dichten Schleier, der alles um ihn herum verhüllte und ausblendete – und den Blick nur freigab auf Isa. Wie in einem Tunnel. Wenn sie sich doch nur umdrehen würde. Doch er sah nur ihr goldgelbes Haar.

Als er nach dem Gottesdienst mit seiner Familie aus der Kirche ging, hörte er plötzlich hinter sich ein Flüstern: „Dreh dich nicht um. Komm heute Abend zum Steg. Ich warte auf dich." Es war Isa. Ein wohliger Schauer überlief ihn.

Vor der Tür des Gotteshauses riskierte er es, sich umzudrehen. Aber er sah sie nicht. Nachbarn und Familien standen vor der Kirche in Gruppen zusammen und unterhielten sich. So wie an jedem Sonntag. Eimo suchte verzweifelt in der Menge nach Isa, wollte noch einen Blick von ihr erhaschen. Doch sie war schon gegangen.

„Gehst du heute mit mir angeln?" Gerrit zupfte ihn am Ärmel. Er nickte, doch seine Gedanken waren woanders.

*

Eimo saß bis zum Abend auf dem Steg am Großen Meer, bis die Sonne im Schilfmeer versunken war. Sein kleiner Bruder war schon vor einer Stunde gegangen. Gerrit hatte nichts gefangen, aber er war glücklich. Eimo war es nicht.

Der Tag neigte sich dem Ende und er hatte die Hoffnung bereits aufgegeben, dass Isa noch kommen würde. Doch dann sah er sie endlich.

In ihrem weißen Leinenkleid huschte sie zwischen den schlanken Birkenstämmen umher, deren Blätter im Wind zu flüstern schienen. Er hatte von seiner Großmutter früher oft Sagen von Waalriedersken gehört – zarte, wunderschöne Geschöpfe, die den Männern im Schlaf buchstäblich den Atem raubten. Genauso, wie sie jetzt daherkam, hatte er sich diese Wesen vorgestellt. Und auch sie nahm ihm den Atem.

Sie setzte sich neben ihn auf den Steg und schaute ihn verlegen an. In der untergehenden Sonne strahlten ihre Augen besonders geheimnisvoll. Er verlor sich in ihrem grünen Glanz. Sie saßen dort minutenlang, ohne dass einer von ihnen ein Wort sprach. Und wenn nicht ab und an der schnarrende Ruf einer Stockente die Stille durchbrochen hätte, wäre da gar kein Laut gewesen, der ihre Zweisamkeit störte. Sogar der See schwieg, das Wasser war fast spiegelglatt.

Er wusste nicht, was er sagen sollte oder wie er es ihr sagen sollte. Was er für sie empfand, wie verzaubert er von ihr war. Vom ersten Moment an. Aber er hatte das Gefühl, dass gar keine Worte nötig waren. Weil sie diese fast heilige Stille nur entweiht hätten. Und weil sie ihn auch so verstand. Ja, sie wusste, was er fühlte für sie. Er hatte keine Zweifel mehr daran, als sie sich zu ihm beugte und ihn küsste.

Die Zeit schien stillzustehen und ihm war, als ob jemand die Welt um ihn herum angehalten hatte.

So still und leise, wie sie gekommen, ging sie auch wieder. „Wir werden uns wiedersehen", raunte sie ihm zum Abschied zu.

Doch es sollte lange dauern, bis sie ihr Versprechen einlöste.

*

Er litt. Immer wieder ging Eimo an den See und hoffte, Isa wiederzusehen. Doch sie kam nicht. Er stand am Wasser und fühlte sich, als müsste er verdursten. Sie war der erste Gedanke, wenn er morgens erwachte, und der letzte, wenn er in tiefer Nacht endlich Schlaf fand. Niemandem konnte er erzählen von seinem Herzeleid. Doch es gab einen Menschen, der merkte, dass ihn etwas bedrückte: Hannes, der Knecht auf dem Hofe seines Vaters. Ein stiller, feiner Mensch, den Eimo sehr mochte. Und so fasste er sich ein Herz und berichtete Hannes von Isa. Wie er sie gerettet und gefunden hatte – und nun wieder verloren. Der Knecht hörte aufmerksam zu. Dann seufzte er und sagte: „Stille Wasser sind tief, mein junger Freund. Sie hat vielleicht ihre Gründe dafür, dass sie sich zurückzieht. Wenn du ihr aber etwas bedeutest, wird sie dich sicher wiedersehen wollen."

Als Eimo traurig den Blick senkte, schlug der Knecht ihm vor: „Ich fahre am Wochenende auf die andere Seite des Sees. Meine Mutter lebt in dem Dorf, aus dem Isa kommt. Ich könnte sie suchen und von dir grüßen, wenn du willst?"

Eimo nickte eifrig und drückte Hannes dankbar.

*

Die Woche schien nicht enden zu wollen.

Am Freitag nach der Schule – es war der erste heiße Tag des noch frühen Sommers und er tauchte immer noch in Trübsinn – fragte ihn Gerrit: „Gehst du wieder mit mir angeln?“ Eimo stand nicht der Sinn danach. Nein, er wollte nicht zum Wasser und immerzu Ausschau nach ihr halten. Er wollte nicht mehr an den Ort zurück, wo alles an sie erinnerte.

Doch sein kleiner Bruder ließ nicht locker – und so gab er schließlich nach. Gerrit fiel ihm dankbar um den Hals. „Du bist so lieb“, sagte er und küsste ihn auf die Wange. Eimo musste schlucken. Und er fühlte sich elend, dass er sich nach einer Frau verzehrte, die ihn offenbar vergessen hatte, und darüber die vergaß, die ihn liebten und die er liebte. Er war ein Narr.

Also gingen sie zum Steg. Gerrit machte den Köder am Haken fest und warf seine Angel aus. Während sein Bruder erwartungsfroh auf den Korken schaute, der über dem Haken auf dem Wasser trieb, brütete Eimo dumpf vor sich hin und starrte auf das Wasser unter ihm, das genauso dunkel war wie seine Gedanken.

Irgendwann drang ein helles Lachen an sein Ohr. Ein Lachen? Oder war es nur der vom Wind verzerrte Gesang eines Reitlüüntjes (Teichrohrsängers)?

Eimo schaute hinüber zu dem Birkenwäldchen, aus dem das Geräusch kam, und er sah eine Bewegung zwischen den Stämmen. Da war etwas Weißes.

Isa?

Gerrit bemerkte nicht, wie Eimo aufstand. Er war ganz vertieft und hoffte auf den großen Fang. Er hatte sich einen Schilfhalm rausgerupft und blies darauf.

Und so ließ Eimo seinen kleinen Bruder am Steg zurück und ging zu dem Wäldchen hinüber, das auf einer schmalen Landzunge stand, die ins Wasser ragte. Ein schmaler Pfad schlängelte sich zwischen den Birken, die im Wind knarrten und rauschten. Der Weg führte auf die andere Seite der Landzunge, wo das Wasser in einer kleinen Bucht stand. Als Eimo das Wäldchen hinter sich gelassen hatte, sah er etwas Helles auf dem Pfad liegen. Ein Kleid. Ein weißes Kleid.

Er hob es auf und roch an dem Stoff. Ein Duft von Blumen und Kräutern zog durch seine Nase. Unverkennbar. Es war ihr Duft.

„Da bist du ja endlich!" Isas Stimme ließ ihn erschrocken zusammenfahren. Und dann sah er sie. Sie stand keine zehn Meter vom Ufer entfernt. Das Wasser reichte ihr gerade bis zur Hüfte. Sie war nackt, doch ihr goldenes Haar hing ihr über die Schultern und bedeckte ihre Brüste. Sie lächelte ihn an und seufzte:

„Komm her. Ich hab dich vermisst."

Eimo schritt durchs Wasser zu ihr – so, als würde er an einem unsichtbaren Seil zu ihr gezogen. Bald stand er vor ihr. Ihre grünen Augen blitzten, als sie ihr Haar zur Seite schob. Er starrte auf ihren Leib, auf ihre festen Brüste und ihre vollkommenen Rundungen. „Wo warst du?", stammelte er. Doch eigentlich wollte er es gar nicht wissen. Sie war da. Mehr brauchte er nicht.

„Komm, lass uns treiben. Es ist nicht tief", flüsterte Isa ihm zu. „Du wirst treiben. Wir werden treiben ... Ja, wir treiben ..." Sie lachte hell.

Und dann zog sie ihn zu sich heran. Er schmeckte das Wasser auf ihren Lippen und auf ihrer warmen, weichen Haut. Auf ihrem Hals war ein kleines Muttermal. Er küsste es. Und obwohl er den Grund des Wassers unter seinen Füßen spürte, hatte er das Gefühl, als würde er nun schweben. Ja, Isa hatte recht. Sie trieben. Wie in einem Rausch. Wie in einem Strudel, der sie beide hinunterzog. Und er schloss die Augen und ließ es geschehen.

*

Als er erwachte, lag er am Ufer. Es war fast dunkel. Die Sonne war weg – und Isa auch. Er war klatschnass und Sand klebte an seinem nackten Körper. Eimo richtete sich benommen auf und zog sich an. Wie lange hatte er hier gelegen? Wie spät mochte es sein? Während er sich noch sammelte, dämmerte plötzlich etwas in seinem Kopf herauf. Ein Gedanke, verschwommen und fern, der ganz allmählich an die Oberfläche stieg und aus dem sich ein Wort formte. Ein Name ...

Gerrit!

Eimo rannte hinüber zum Wald. Die Äste der Bäume peitschten seinen Leib, als er wie von Sinnen durch das Gehölz stolperte, um es so schnell wie möglich zu durchqueren. In der Abenddämmerung sah er die Umrisse des Steges. Er war leer. Als Eimo ihn endlich erreichte, polterte er über die Planken und sank am Ende auf die Knie. Die Angelrute trieb auf dem Wasser. Doch nicht nur sie. Auch sein kleiner Bruder. Gerrit hatte die Arme und Beine ausgestreckt. Sein Gesicht war nach unten gewandt. Eimo war wie gelähmt: Da war kein Funken Leben mehr in ihm.

Und er stand am Ufer und rief. Doch stille Wasser sind tief.

*

Eimo erlebte die nächsten Tage wie in einem Albtraum, der nicht enden wollte. Er wusste nicht, ob Stunden, Tage oder Wochen vergangen waren. Die Zeit zerfloss zu einem zähen, grauen Brei, ohne Form und Halt. Sie hatten Gerrit verabschiedet – in der Kirche mit den Bänken, die so blau waren wie das Himmelreich. Er hatte nicht daran teilnehmen dürfen. Auch nicht an der Beerdigung seines kleinen Bruders. Seine Eltern hatten es verboten.

Dafür war Eimo dankbar. Denn der Schmerz hatte ihn ohnehin schon zerrissen und betäubt. Noch unerträglicher aber wären für ihn die Blicke der Menschen im Dorf gewesen. Er hatte seinen Bruder im Stich gelassen. Den kleinen Gerrit! Er hatte ihn sterben lassen, weil er sich mit einem Mädchen vergnügt hatte. Doch das hatte er verschwiegen. Aus Scham.

Auch wenn sie wahr waren: Er wollte diese Vorwürfe nicht hören. Von seinen Eltern hätte er sie sich angehört. Ja, er hätte alles ertragen und erduldet, was sie ihm an den Kopf geworfen hätten. Er hätte sogar Schläge und Strafen klaglos hingenommen. Wenn sie doch nur irgendetwas zu ihm gesagt hätten. Doch sie sprachen nicht mehr mit ihm seit Gerrits Tod und sie würdigten ihn keines Blickes. Selbst Hannes, der Knecht, sein bester Freund, schien ihn zu meiden und sprach nur das Nötigste mit ihm.

Er war ein Verlorener, ein Geächteter. Sein Leben war verwirkt.

Und während die Trauer ein tiefes Loch in sein Herz fraß, wucherte darin die Wut. Die Wut auf Isa. Seit dem Tode seines Bruders hatte er nichts mehr von ihr gehört. Sie war doch an allem schuld – und hatte ihn im Stich gelassen! Da kam ihm eine Idee.

Eimo suchte Hannes auf. Er wollte von dem Knecht wissen, ob er beim Besuch seiner Mutter in dem Dorf auf der anderen Seite des Sees irgendetwas von Isa gehört oder sie vielleicht sogar getroffen hatte. Er traf ihn allein im Stall an, wo er gerade die Tiere versorgte. Doch der Knecht musterte ihn seltsam, als Eimo ihn fragte und wandte sich wieder schweigend der Arbeit zu. Er nahm ihn gar nicht wahr. Als Eimo das erkannte, sank er weinend in sich zusammen.

Da regte sich Mitleid in Hannes und er kniete neben ihm nieder und legte seinen Arm um ihn. Das tat gut. Und Eimo empfand zum ersten Mal seit Gerrits Tod so etwas wie Trost.

Die Worte des Knechtes jedoch waren kein Trost. Er sagte: „Ja, meine Mutter hat mir von Isa erzählt. Sie hat sie genauso beschrieben wie du: ein wunderschönes Mädchen mit goldenem Haar und grünen Augen." Hannes hielt kurz inne, bevor er fortfuhr: „Doch man redet nicht gerne über sie im Dorf – denn sie hat ihren Bruder jämmerlich ertrinken lassen, während sie es mit einem Kerl am See trieb!" Seine Miene verfinsterte sich und er wurde rot vor Zorn.

Eimo fühlte sich, als würde jemand eiskaltes Wasser über ihn ausgießen. Was der Knecht ihm sagte, konnte er nicht glauben. Hannes beugte sich zu ihm rüber und zischte: „Ich glaube dir kein Wort von dem, was du mir erzählt hast – denn diese Isa lebt schon lange nicht mehr. Die Schlampe hat sich einen Strick genommen – vor über 20 Jahren ..."

Die letzten Worte des Knechtes vernahm Eimo nur noch durch ein Rauschen. Dann brach er zusammen.

*

Er hatte geglaubt, keinen Schlaf mehr finden zu können. Nie wieder. Doch die Ohnmacht legte noch einmal gnädig ihre schwarze Decke über ihn.

Eimo träumte. Es war ein wunderschöner Traum. Er saß mit Isa wieder auf dem Steg am See. Schweigend schauten sie auf das Wasser.

Er konnte die Stille wieder genießen – und musste keine Angst mehr haben vor ihr.

Er sah die Sonne untergehen – und musste die Nacht nicht fürchten.

Aber der Traum endete jäh.

Eine Stimme weckte ihn.

Eimo schlug die Augen auf und fand sich auf dem Lager in der kleinen Kammer seines Elternhauses wieder. Irgendwer hatte ihn dort hingebracht. Vielleicht Hannes.

Es war stockfinster. Nur das kalte Mondlicht schien durchs Fenster.

Er erkannte eine schemenhafte Gestalt, die neben der Tür stand und er richtete sich in seinem Bett auf. Wer war das? Isa?

Ja, sie musste es sein. Er nahm ihren Geruch wahr, den von Blumen und Kräutern. Und er hörte ein süßes Flüstern. Eigentlich sollte er wütend sein, doch Eimos Herz war voller Freude.

Die Gestalt machte einen Schritt nach vorne – und er konnte im fahlen Schein des Mondes ihr Gesicht sehen. Nein, es war nicht Isa.

„Gerrit?“ – ihm war, als strich ihm eine kalte Hand vom Nacken über den Rücken.

Sein Bruder lächelte. Sein Gesicht war ganz blass. Die Lippen blau. Er hielt die Angel in der Hand, mit der er zuletzt am Steg gesessen hatte.

„Wo warst du, Eimo? Warum hast du mir nicht geholfen?“, fragte Gerrit traurig. Eimo wollte etwas sagen, doch er war wie gelähmt. Tränen stiegen ihm in die Augen. Mein Gott ... Sein kleiner Bruder! Er streckte die Hände nach ihm aus. Gerrit kicherte – und Eimo erstarrte.

„Komm, lass uns treiben. Es ist nicht tief ...“ Gerrit lachte. Immer lauter und lauter. Aber es war nicht das helle Lachen seines Bruders, das Eimo so sehr liebte, wenn er sich freute. Nein, es war ein schrilles, wahnsinniges Kreischen. Sein niedliches Gesicht wurde zu einer fürchterlichen Fratze und Gerrit schrie: „Du wirst treiben, Eimo! Wir werden treiben! Wir werden alle treiben!“

*

Sein Vater fand ihn am nächsten Tag leblos in seinem Bett. Der herbeigerufene Arzt konnte nichts mehr für ihn tun. Er hatte schon viele Tote gesehen, doch dieser Anblick ließ ihn tief erschauern: Eimos Glieder waren im Krampf erstarrt, die Zunge hing ihm aus dem Mund. Seine Augen waren weit aufgerissen – als hätten sie etwas unsagbar Grauenhaftes gesehen.

An dem Hals des Toten waren blaue Würgemale zu sehen. Die Abdrücke von kleinen Fingern. Doch als Eimos Leichnam später in der großen Stadt genauer untersucht wurde, bestand kein Zweifel daran, dass der Junge ertrunken war ...

Und dann ist alles wieder still ...
Und weißt du, was mein Leben will,
Hast du es schon verstanden?
Wie eine Welle im Morgenmeer
Will es, rauschend und muschelschwer,
An deiner Seele landen.

– Rainer Maria Rilke –

Großes Meer
Landkreis Aurich

Es soll Leute von auswärts geben, die auf dem Weg zur Küste dem Hinweisschild „Großes Meer" folgen – in froher Erwartung, dass sie bald am Ziel sind. Spätestens am Ufer des Gewässers werden sie eines Besseren belehrt: Das Große Meer ist ein überschaubarer See – und tatsächlich der größte Ostfrieslands. Es liegt bei Bedekaspel und gehört zur Gemeinde Südbrookmerland, die sich inmitten des Städtedreiecks Emden, Aurich und Norden befindet. Das von Schilf umsäumte Große Meer ist ein Niedermoorsee mit einer Fläche von zirka

Links: Das Große Meer aus der Luft - deutlich ist zu sehen, dass das Gewässer von einem Schilfgürtel umgeben ist. Der südliche Teil ist als Naturschutzgebiet ausgewiesen und für Wassersportler tabu.

400 Hektar - die freie Wasserfläche nimmt davon rund 289 Hektar ein. Es ist von Ost nach West etwa einen Kilometer breit, vom nördlichen Seeufer bis zum südlichen Rand sind es viereinhalb Kilometer. Verbunden ist es mit zahlreichen Gräben und Kanälen, aber auch mit anderen Binnenseen wie dem Loppersumer Meer und dem Kleinen Meer. Alle drei Meere sind einst aus den Resten größerer Grundwasseransammlungen in einer von Flachmooren geprägten Landschaft entstanden.

Links: Zu jeder Jahreszeit lockt das Große Meer als Naherholungsgebiet. Die Einheimischen wissen zu schätzen, dass das Gewässer schon nach wenigen Frostnächten zum Eislaufen einlädt. Oben: Wer eine Meerbude sein Eigen nennen kann, wird von manchem beneidet.

Das Große Meer und seine umliegende Landschaft werden von den Einheimischen zur Naherholung genutzt, in den Sommermonaten kommen außerdem viele Urlauber. Da das Gewässer nur eine Tiefe von rund einem Meter aufweist, ist es ein beliebtes Reiseziel für Familien und ein optimales Wassersportgebiet – hier tummeln sich sommers zahlreiche Segler, Surfer und Kanufahrer; Motorboote sind aus Naturschutzgründen tabu. Am Nordufer des Sees befindet sich ein touristisches Zentrum mit einem kleinen Strand, Campingplätzen, einer Paddel- und Pedalstation und gastronomischen Betrieben. Angrenzend reihen sich Ferien- und Wochenendhäuser aneinander, die hier – keineswegs abschätzig gemeint – Meerbuden genannt werden.

Der südliche Teil des Großen Meeres, das flächendeckend als Vogelschutzgebiet ausgewiesen ist, ist Naturschutzgebiet und für den Wassersport gesperrt. Die schilfreichen Uferbereiche bieten unzähligen Sumpf- und Wasservögeln Unterschlupf. Umliegende Feuchtwiesen und -weiden, die als Landschaftsschutzgebiet deklariert worden sind, machen dieses Areal zu einem wichtigen Brut- und Lebensraum. Außerdem ist es ein bedeutendes Rast- und Überwinterungsgebiet für nordische Zugvögel.

Wer die ursprüngliche Landschaft rund um das Große Meer erkunden möchte, dem sei der „Drei-Meere-Weg“ empfohlen, eine erlebens- und sehenswerte Strecke für Radfahrer. Der 15 Kilometer lange Rundkurs verbindet das Große Meer mit dem Loppersumer Meer und dem Kleinen Meer. Mit Pünten kann man die Gewässer überqueren. Aussichtsplattformen bieten unterwegs Aus- und Einblicke in Flora und Fauna.

Rechts: Die Landschaft, die sich rund um Ostfrieslands größtes Binnengewässer erstreckt, ist reizvoll und lässt sich sowohl zu Fuß als auch per Fahrrad erkunden. Beliebt ist der „Drei-Meere-Weg“, ein Rundkurs der sich auf 15 Kilometer ausdehnt.
Auf der nachfolgenden Doppelseite ist das touristische Zentrum zu sehen mit Campingplatz und dem „Haus am Meer“.

Ewiges Meer

Silke Arends

Sieben letzte Worte

„So nimm denn meine Hände und führe mich bis an mein selig Ende und ewiglich." Undine lächelte. Wie immer, wenn ihr dieses Kirchenlied in den Sinn kam. Versonnen begann sie es zu summen und ihr anhaltendes Summen vereinte sich alsbald mit dem der umherschwirrenden Insekten und mit der leichten Brise, die bisweilen die Halme am Ufer zum Rascheln brachte.

Selbstvergessen hatte sie die Sonne aufgehen sehen. Nun saß sie in der Morgendämmerung neben seinem leblosen Körper, hielt seine beiden kalten Hände in den ihren und beobachtete zwei Trauerseeschwalben, die unentwegt über das Ewige Meer hinwegflogen – dicht beieinander und sich dabei niedrig über die Wasseroberfläche bewegend. Ihr gaukelnder Flug kam Undine so vor, als würden sie sich mit ihren Gefiedern liebkosen wollen – und stetig tat es die eine der anderen mit Hingabe nach. „Kiek, kiek", hallte der Ruf der beiden Vögel bis ans Ufer.

„So nimm denn meine Hände und führe mich bis an mein selig Ende und ewiglich." Undine summte und blickte über das Wasser, das in der frühen Morgensonne noch zurückhaltend glänzte. Zart strich sie über seine kühlen Finger. Sie lächelte, ihre Gedanken schweiften zum gestrigen Abend. Weinselig waren sie gewesen. Sie hatten es sich am Ufer bequem gemacht, hatten sich auf dem wollenen Plaid ausgestreckt und ihre Blicke abwechselnd in den Himmel und auf das Ewige Meer gerichtet – sich dabei immer wieder küssend. Es war das siebte Mal, dass sie sich dort trafen. Im siebten Jahr, in ihrem siebten Sommer.

Die Sieben, der in so vielen Kulturen nachgesagt wird, sie sei eine mystische Zahl, war auch jene, die sie verband. Wie Verliebte so sind, hatten auch sie in den Belanglosigkeiten des Alltags nach dem gesucht, was ihre Liebe einzigartig machte, was kein Zufall, was also Schicksal, was demnach Bestimmung zu sein schien.

Undine summte, löste eine seiner Hände aus den ihren und strich ihrem Geliebten sanft über das Haar – mit jener Behutsamkeit, die er an ihr geliebt hatte und mit der sie ihm wenige Stunden zuvor die entseelten Augen geschlossen hatte.

Für sie beide war es von Beginn an die Sieben. Der Abend ihrer ersten Begegnung am 7. Juli, ein Abend, dem eine leidenschaftliche, viel zu kurze Woche gefolgt war und der sich dann für lange, viel zu lange Zeit allein Telefonate angeschlossen hatten. Ein Jahr später seine Ankunft an Gleis 7 – und wieder würde er nur sieben Tage bleiben können. Die 16 Stufen vom Gleis hinauf zum Bahnhofsausgang waren in der Quersumme folgerichtig. So wie Addition der Ziffern an seiner Haustür sieben ergab, erzählte er ihr, und die Sieben sich wiederum in ihrem Autokennzeichen fand.

Unzählige Male sollte die Sieben ihnen noch begegnen. So wie gestern Abend, als über ihnen mit der Dunkelheit die sieben Hauptsterne des Großen Wagens zu leuchten begonnen hatten.

Seine Frau wusste von alledem nichts. Er habe längst aufgehört, sie zu lieben, denn sie habe ihm nie verziehen, dass er schuld an ihrem Schicksal sei – sagte er. Dennoch könne er seine Frau nicht endgültig verlassen, seine Ehe, die keine sei, beenden – beteuerte er. Er wisse, dass sie, Undine, ihn verstehe. Weil sie die Einzige sei, die ihn je verstanden habe, die sein Innerstes kenne – beschwor er. Auch gestern Abend.

„So nimm denn meine Hände und führe mich bis an mein selig Ende und ewiglich.“ Undine summte und berührte sacht nacheinander jede einzelne seiner Fingerkuppen. Wie hatte sie die Zeit herbeigesehnt, dass sie ihn wiedersehen würde. Ein Sehnen, das sich, ein jedes Mal, wenn sie ihn nach der chronischen Zeit des Wartens erstmals atemlos umarmte und küsste, sogleich mit dem nagenden Gefühl verbündete, dass ihnen wieder nur wenige Tage miteinander bleiben würden. Sie liebte und fürchtete diese Stunden, die wie im Nu zu Ende waren und in denen sie doch jeden Wimpernschlag auskosten wollte.

So war es auch dieses Mal gewesen. Es waren Tage gewesen, die ihr wie der Habitus der beiden Trauerseeschwalben erschienen, die pfeilschnell über das Ewige Meer zischten und sich mit jedem Flügelschlag dem Turteln hingaben.

Nein, so waren sie noch gestern Abend darin übereingekommen, es war kein Zufall gewesen, dass sie sich an diesem Juliabend vor sieben Jahren am Ufer des Ewigen Meeres begegnet waren. Die Luft war lau und duftig gewesen, ein Bilderbuch-Sommerabend. Während ihres Spaziergangs zum Wasser hatte Undine bei jedem einzelnen Schritt die Wärme des derben Holzes unter ihren nackten Füßen genossen. Sie hatte sich treiben lassen und auf ihrem Weg ab und zu eine der Eidechsen aufgeschreckt, die das aufgeheizte Holz und die verschwenderische Abendsonne ebenfalls zu schätzen wussten. Sicher vergaßen die flinken, sonnenverliebten Tierchen – wie auch sie – darüber den nächsten Winter, war ihr Gedanke gewesen.

Das Ewige Meer hatte ruhig dagelegen. Und dann war sie auf den Mann aufmerksam geworden. Er hatte am Ende des Bohlenweges am Geländer gelehnt und über das Wasser geblickt. Undine unterbrach ihr Summen und entsann sich. Im Nachhinein erschien ihr die einsame Szenerie, in die sie damals getreten war, wie das Motiv eines schwärmerischen, in verklärten Farben inszenierten Gemäldes. Über dem Moor hatte ein romantischer Schimmer gelegen, diese unwegsame Landschaft, der man literarisch von jeher Nebel und Schrecken andichtete, hatte ein geradezu märchenhaftes Gepräge gehabt – so, als hätte sich an ihr ein himmlischer Weichzeichner versucht.

Undine lächelte. Sie hatte sich in einiger Entfernung ebenfalls an das Geländer gelehnt und die Stille auf sich wirken lassen. Eine betörende Ruhe, die nur durch das „Kiek, kiek" der beiden Trauerseeschwalben durchbrochen worden war, die in knappem Abstand über die Wasserlinie bis zum Horizont geschwirrt und nach einer Weile ebenso synchron wie traumtänzerisch zurückgekehrt waren.

„Mir scheint ...", hatte Cord seinen ersten Satz begonnen und Undine hatte ihn vollendet: „... hier hat sich ein Traumpaar gefunden ..." Dann hatten sie sich angeschaut und sich in die Augen gelacht. Die beiden Trauerseeschwalben sollten ihnen an diesem Abend zu Verbündeten werden. Und ihr erster Abend in ihrem ersten Sommer am Ewigen Meer sollte zu einem Ritual werden, das sie in den folgenden Jahren jeweils am siebten, also am letzten ihrer gemeinsamen Abende zelebrierten.

„So nimm denn meine Hände und führe mich bis an mein selig Ende und ewiglich." Undine ließ ihren rechten Zeigefinger über die Linien seiner blutleeren Lippen gleiten. Cords Haut war fahl. Die Bräune der letzten Tage war fort, der Tod forderte seinen blassen Tribut.

Undine unterbrach ihr Summen, denn sie glaubte von weit her Meeresrauschen zu hören. Jenes Geräusch, das ihr am liebsten war. Jenes Rauschen, das sie schon als Kind geliebt und sich tagträumend herbeigezaubert hatte, wenn sie die Meeresschnecke von Großvater an ihr Ohr gehalten hatte.

Großvater, er war Seemann gewesen, hatte ihr so viel Zeit und Fantasie geschenkt. Die Große Fechterschnecke war ein Mitbringsel von den Bermudas. Dort, im gefürchteten Bermudadreieck, hatte die Schnecke einst in der Tiefe auf Seegraswiesen gelebt, hatte Großvater ihr berichtet. Dort, im sogenannten Teufelsdreieck, wo sich auch die Karibik-Langusten und die Gepunkteten Igelfische wohlfühlten – die Feinde der Großen Fechterschnecke. Dort, wo unzählige Schiffswracks auf dem Meeresboden die Zeiten überdauerten.

Undine lächelte. Großvaters Seefahrer-Geschichten hatte sie immer mit Herzklopfen gelauscht. Und immer hatte der alte Fahrensmann seine Erzählungen von den sieben Weltmeeren mit den liebkosenden Worten beschlossen: „Undine, mein Wellenmädchen, du bist die bezauberndste unter den Nixen."

Das Meeresrauschen, das Undine zu hören glaubte, war der Nordwest, der aufzufrischen begann. Hier und da traten auf dem Ewigen Meer weiße Schaumkronen hervor. Die Morgensonne indes verharrte hinter einem breiten Band Federwolken. Undine fröstelte. Ihr würde nur noch eine kleine Weile bleiben. Doch ihre Gedanken schweiften erneut zurück.

Im ersten Jahr, jenem Jahr, als sie sich erstmals am Ewigen Meer begegnet waren, hatte sie Cord vorgeschlagen, ihm alle Ostfriesischen Inseln und deren Strände zu zeigen – und er hatte begeistert eingewilligt. Alle sieben Eilande sollte sie ihm näherbringen, nacheinander – so, wie sie sich vor der Küste erstreckten. Zunächst Borkum, dann Juist, Norderney, dann Baltrum, Langeoog, Spiekeroog und schließlich Wangerooge. Alle hatten sie rundum Meerblick, die sieben kleinen Welten im Wattenmeer, die sieben Inselschwestern. Und Cord hatte am individuellen Charme der sieben Gefallen gefunden: an Borkum und seiner Historie als Walfängerinsel, an Juists Traumstrand, an Norderneys Sonnenuntergängen an der Milchbar, an Baltrums Beschaulichkeit, an Langeoogs historischem Wasserturm und an Spiekeroogs betagter kleiner Inselkirche.

Ihre letzte Station war Wangerooge gewesen. Vorgestern waren sie von dort zurückgekehrt. Rechtzeitig, denn Cords Abreise hatte bevorgestanden und wie in den vorangegangenen Jahren waren sie von dem Gedanken beseelt gewesen, auch auf dieser Insel nur so lange zu verweilen, um ihren letzten gemeinsamen Abend am Ewigen Meer verbringen zu können.

Wangerooge. Ihre siebte Station in ihrem siebten Sommer. Undine atmete tief ein und wieder aus, die Halme am Ufer des Ewigen Meeres gerieten ob des aufkommenden Windes zunehmend in Bewegung, ein kalter Schauer fuhr über ihren bloßen Nacken. Die beiden Trauerseeschwalben waren nicht mehr zu sehen.

Bei ihrer Ankunft auf Wangerooge hatten sie am Anleger die Inselbahn bestiegen und mit ihnen eine muntere Hochzeitsgesellschaft, deren Ziel der Alte Leuchtturm gewesen war – eine seit langem beliebte Destination für Verliebte, die den romantischen Reiz darin sahen, nach 150 gemeinsam bewältigten Stufen in der einstigen Wachstube des Leuchtturmwärters den Bund fürs Leben einzugehen.

Undine hatte das glückselige Brautpaar vom ersten Moment an kaum aus den Augen lassen können. Die Sonne hatte von einem wolkenlosen Himmel geschienen und das Abteil mit gleißendem Licht erfüllt – inmitten dieses Leuchtens war ihr die Braut wie eine Madonna im Strahlenkranz erschienen. Die junge Frau hatte fortwährend ihren üppigen Brautstrauß aus blutroten Rosen an ihr seidenes, von feinsten Spitzen verziertes Dekolleté gedrückt, während der Bräutigam gleichsam ununterbrochen ihre Hände geküsst hatte.

Cord hatte derweil eingehend die blühenden Salzwiesen betrachtet, die sich draußen vor dem Abteilfenster entlang der Gleise erstreckten. Seine Augen waren von seiner Sonnenbrille bedeckt – wie immer, wenn sie unter vielen Menschen waren, genoss er es, hinter den dunklen Gläsern für sich zu sein.

Und dann war es geschehen. Unversehens, aus diesem heiteren Himmel heraus, hatte Undine sich ihm zugewandt und sein Gesicht ungestüm in ihre zitternden Hände genommen. Zärtlich flüsternd hatte sie ihn gefragt. Heiß war es in ihr aufgestiegen, in jenen Momenten, in denen ihr die Worte unbedacht, nur für Cord vernehmbar, über die Lippen gekommen waren.

Undine fixierte den Horizont des Ewigen Meeres und schauderte. Sie hatte in jenen Momenten in diesem sonnendurchfluteten Abteil gewusst, dass sie keine Antwort bekommen würde. Dass sie niemals eine Antwort bekommen würde. Gleichzeitig hatte sie inständig gehofft, dass sie ihn nicht verstimmt hatte.

Cord war stumm geblieben, hatte kaum wahrnehmbar seine Sonnenbrille und danach seinen Blick für den Rest der Fahrt starr nach draußen gerichtet. Die Hochzeitsgesellschaft indes hatte begonnen, dem Brautpaar erste Ständchen zu singen.

Er könnte seine Frau nie verlassen, hatte er ihr einmal gesagt. Krank wie seine Frau sei, durch sein Verschulden. Und er hatte sie, Undine, gebeten, nein, beschworen, ihn nie wieder danach zu fragen.

„So nimm denn meine Hände und führe mich bis an mein selig Ende und ewiglich.“ Undine begann erneut zu summen. Großvater hatte dieses Kirchenlied geliebt. Großvater, dachte sie zärtlich, Großvater, der Romantiker, dessen Repertoire an meerbewegten Geschichten und Legenden unerschöpflich zu sein schien und der keine Gelegenheit ausgelassen hatte, seine Enkelin damit zu faszinieren. Großvater war es auch gewesen, der ihr von jener tragischen Liebesgeschichte erzählt hatte, die sich hinter den Versen dieses geistlichen Liedes verbarg.

Eine junge Frau, die im 19. Jahrhundert in Lettland geboren wurde, hatte die Zeilen niedergeschrieben. Als Heranwachsende hatte sie zum christlichen Glauben gefunden und sich später in einen Mann verliebt, der sich, bevor er ihr begegnet war, entschieden hatte, als Missionar nach Afrika zu gehen. Noch vor seiner Abreise hatten sich beide das Eheversprechen gegeben.

Julie war ihm schließlich nach einigen Monaten von Riga aus gefolgt. Doch als sie nach der langen Schiffsreise den Zielhafen erreicht hatte, hatte sie dort vergebens auf ihren Geliebten warten müssen. Sie hatte sich daraufhin auf eigene Faust zu seiner Missionsstation aufgemacht, wo ihr dann eröffnet worden war, dass ihr Verlobter wenige Tage vor ihrer ersehnten Ankunft in Afrika an einer Seuche gestorben war.

Undine hatte an der Liebeslegende der Julie von Hausmann besonderen Gefallen gefunden, und so kam es, dass Großvater sie ihr oft hatte erzählen müssen. Und gemeinsam hatten sie im Anschluss die Verse jenes Gedichtes gesprochen, das Julie am Grab ihres Verlobten wie ein inniges Gebet verfasst hatte.

So nimm denn meine Hände / und führe mich
bis an mein selig Ende / und ewiglich.
Ich mag allein nicht gehen, / nicht einen Schritt:
wo du wirst gehn und stehen, / da nimm mich mit.

In dein Erbarmen hülle / mein schwaches Herz
und mach es endlich stille / in Freud und Schmerz.
Laß ruhn zu deinen Füßen / dein armes Kind:
es will die Augen schließen / und glauben blind.

Wenn ich auch gar nichts fühle / von deiner Macht,
du bringst mich doch zum Ziele / auch durch die Nacht:
so nimm denn meine Hände / und führe mich
bis an mein selig Ende / und ewiglich!

Undine summte. Sie hob den Kopf und sah, dass die beiden Trauerseeschwalben dem Wind trotzten und wieder ihre Kreise über dem Ewigen Meer zogen. „Kiek, kiek", hallte es herüber.

Weinselig waren sie gewesen, gestern Abend. Sie hatten sich nah am Ufer auf dem wollenen Plaid ausgestreckt und ihre Blicke abwechselnd in den Himmel und auf das Ewige Meer gerichtet – und wie in einem stummen Einverständnis hatten sie vermieden, den nahenden Abschied zu erwähnen. Immer wieder hatte Undine Cord stattdessen hingebungsvoll geküsst.

„Liebster, es ist unser siebter Sommer. Nie hätte ich zu träumen gewagt, dass du und ich, dass wir einander über diese sieben Jahre lieben. Es ist eine, nein, unsere magische Zahl, die uns auf ewig verbindet. Darum reiche ich dir den Schierlingsbecher!", hatte sie Cord zärtlich zugeflüstert und einen silbernen Kelch aus jenem Weidenkorb hervorgeholt, den sie wie gewohnt für ihren letzten Abend mit allerlei Leckereien ausgestattet hatte.

Cord hatte sich aufgesetzt und erstaunt eine Augenbraue gehoben – ein für ihn typischer Blick, eitel vielleicht, mancher hätte ihn selbstverliebt genannt, aber Undine hatte diese Attitüde vom ersten Moment an ihm gefallen. „Den Schierlingsbecher? Das ist ein Getränk, das dem großen Sokrates gereicht wurde. Wie ich ein Mann des Wortes und Philosoph von Weltrang“, hatte Cord eine überschwängliche Geste gemacht und Undine hatte ihn liebevoll umfangen.

Dann hatte sie die dunkle, aromatisch duftende Flüssigkeit in den Kelch gegossen und ihm einen schmeichelnden Blick geschenkt. „Liebster, in diesem Fall ist es ein Cocktail mit Absinth. Der Bitterkeit der Kräuter folgt ein hochprozentiger, süßer Kuss.“ Und Cord hatte getrunken. Alles, in einem großen Schluck.

Die Schärfe würde ihm unerträglich im Rachen brennen, hatte er sofort gewimmert. Dann hatte das Gift begonnen, ihm den Atem zu nehmen. Cord hatte zunächst erstaunt, dann erschrocken nach ihr gegriffen, aber seine Hände hatten sie nicht erreicht.

Sogleich war ihm auch das Gefühl aus den Beinen gewichen und schließlich hatte ihn heftiger Schwindel übermannt. Undine war überrascht gewesen, wie unmittelbar der Trank mit den Früchten des Gefleckten Schierlings seine Wirkung tat.

„So nimm denn meine Hände und führe mich bis an mein selig Ende und ewiglich.“ Undine hatte die Verse von Julie von Hausmann nach der Melodie von Philipp Friedrich Silcher aus vollem Herzen gesungen und Cord, der sich nicht mehr hatte bewegen können, hatte sie, unentwegt um Atem ringend, aus weit aufgerissenen Augen angestarrt.

„Liebster, weißt du, dass es früher Sitte war, dieses Lied bei Trauungen zu singen? Ich hätte dir meine Hand gereicht, Liebster, aber nun reichst du mir dein Leben! Und Liebster, siehst du die Trauerseeschwalben – es mutet so an, als würden sie schweben.“

Wie oft sie das Kirchenlied am gestrigen Abend gesungen hatte, als die sieben Hauptsterne des Großen Wagens über ihnen geleuchtet hatten und Cord nach langer Agonie erstickt war, wusste Undine am Morgen danach nicht mehr. Sie war sich aber darüber gewiss, dass Cord beim „bis an mein selig Ende und ewiglich" die Augen gebrochen waren. Mithin waren es die letzten sieben Worte gewesen, die sein Bewusstsein erreicht hatten.

Und dann war es an der Zeit. Sie zog Cord an sich, ließ sich sanft mit ihm ins Wasser gleiten, sah über sich die beiden Trauerseeschwalben hinwegziehen und dachte an Großvater. Daran, wie lebendig er ihr als Kind ausgemalt hatte, dass Undinen erst dann eine Seele bekämen, wenn sie sich mit einem Menschen vermählten.

Ewiges Meer

Landkreise Aurich und Wittmund

Das Ewige Meer liegt inmitten des 1180 Hektar großen Naturschutzgebietes „Ewiges Meer und Umgebung“ und ist mit 89,2 Hektar der größte Hochmoorsee Deutschlands. Das Naturschutzgebiet befindet sich bei der Ortschaft Eversmeer im Grenzbereich der Landkreise Wittmund und Aurich. Es gehört zum Nenndorfer Hochmoor auf dem Scheitel des Oldenburgisch-Ostfriesischen Geestrückens und ist gewissermaßen das Zentrum des rund 33 Quadratkilometer großen Moorkomplexes „Großes Moor“ bei Aurich.

Links: Das nördliche Ufer des Ewigen Meeres erreicht man über einen Bohlenweg. Oben: Die weißen Büschel des Wollgrases gehören im Sommer zum Erscheinungsbild der Moorlandschaft.

Das Ewige Meer ist 7000 bis 5000 vor Christus durch das Zusammenwachsen von Moorflächen entstanden. Es liegt rund 8,5 Meter über Normalnull, ist etwa 1,8 Kilometer lang, hat eine Breite von 900 Metern und ist zwischen zwei bis drei Meter tief.

Neben der Hauptwasserfläche gibt es weitere Moorkolke wie das Kleine Eversmeer mit einer Größe von zirka 3,7 Hektar, die Dobbe mit einer Fläche von acht Hektar und das Krickmeer (0,7 Hektar) sowie größere durch Torfgewin-

Der größte Hochmoorsee Deutschlands hat eine Fläche von mehr als 89 Hektar. Das ihn umgebende Areal steht unter Naturschutz.

nung entstandene Rinnen. Woher der Hochmoorsee seine Bezeichnung „ewig" hat, ist nicht belegt. Glaubte man noch vor einigen Jahrzehnten, dass der Name auf die Entstehung des Moorkolonats Eversmeer zurückgeht, so ist mittlerweile bekannt, dass der Name „Ewiges Meer" bereits anno 1682 Erwähnung fand.

Das Areal rund um den Hochmoorsee ist nicht zugänglich, denn es steht unter Naturschutz. Allerdings existiert seit dem Jahr 2000 ein Bohlenweg, der den Rundgang durch einen Teil des Moores möglich macht und dabei auch das nördliche Ufer des Gewässers streift. Dieser Bohlenweg hat eine Länge von mehr als 1800 Metern und ist mit zahlreichen

Infotafeln ausgestattet – ein Rundgang nimmt mindestens 90 Minuten in Anspruch. Übrigens: Bereits um 2500 vor Christus oder noch früher hat es einen Knüppeldamm in diesem ausgedehnten Moorgebiet gegeben. Der sogenannte „Bohlenweg im Meerhusener Moor“ zog sich auf einer Länge von annähernd drei Kilometern vom Rand der Auricher Geest (nah beim Großsteingrab in Tannenhausen) über das Meerhusener Moor und endete nördlich vom Ewigen Meer. Bei archäologischen Untersuchungen, in deren Verlauf zwischenzeitlich ein Abschnitt des Bohlenweges freigelegt werden konnte, sind hölzerne Wagenreste entdeckt worden, die als die ältesten in Deutschland gelten.

Ein weiterer bedeutender Fund wurde ebenfalls in der Nähe des Ewigen Meeres gemacht: die „Moorleiche von Bernuthsfeld“. Das 1907 im Moor beim Torfstechen aufgefundene Skelett samt gut erhaltener Kleidung befindet sich im Ostfriesischen Landesmuseum in Emden. In den vergangenen Jahren haben sich 50 Wissenschaftler im Rahmen eines interdisziplinären Forschungsprojekts mit den sterblichen Überresten des Mannes beschäftigt, der vor rund 1200 Jahren lebte. Ihren Erkenntnissen verdankt „Bernie“ ein neues Zuhause in einem eigens für ihn eingerichteten Ausstellungsbereich.

Das Ewige Meer, das von unberührter Natur umgeben ist, offenbart das ganze Jahr über seine Reize, denn mit den Jahreszeiten wechseln die Farben und die Stimmungen dieser Landschaft. Zahlreiche Sumpf- und Wasservögel, Frösche und Eidechsen haben dieses geschützte Areal, auf dem auch Moorbirken und Grauweiden zu finden sind, zu ihrem Lebensraum gemacht. Im Sommer, wenn unzählige Libellen über die Moorheide-Flächen schwirren, schlängeln sich hier und da auch Kreuzottern durch das Dickicht und Eidechsen wärmen sich in der Sonne. Hübsch anzusehen ist dann auch, wie sich ringsum die weißen Büschel des Wollgrases

Die „Moorleiche von Bernuthsfeld" gehört zur Dauerausstellung im Ostfriesischen Landesmuseum Emden.

im Wind wiegen. Am Ufer des Ewigen Meeres angekommen, kann der Spaziergänger die einzigartige Atmosphäre dieses Hochmoorsees besonders intensiv erleben: Stets kräuselt der Wind die Oberfläche des ausgedehnten Gewässers und wenn es stürmt, tragen die Wellen nicht selten weiße Schaumkronen.

Hooksmeer

Hans-Erich Viet

Baikonur

Der tote Körper sah schlimm aus. Der Schädel regelrecht zertrümmert, Blut und Hirnmasse verklebten die restlichen Haare, das Gesicht nicht mehr als solches zu erkennen. Der tote Mann war nackt, der etwas untersetzte Körper ließ auf ein Alter von etwa Mitte 60 schließen. Am Ringfinger steckte noch der goldene Ehering, es war offensichtlich versucht worden, ihn abzuziehen, man sah das an der Schwellung und der Färbung des Fingers. Offenbar war es nicht gelungen, den Ring zu entfernen. Der Mörder hätte den Finger abhacken müssen, um an den goldenen Ring zu kommen. Dies war offensichtlich nicht geschehen. Aus Skrupel vor der Verstümmelung, aus Zeitmangel? Die Frage blieb vorerst offen. Aber warum war der Tote nackt? Und dann der Fundort – Hooksieler Meer, direkt auf der Betonplatte am Café, dort wo noch die Podeste des Schwimmbades stehen, obwohl das Schwimmbad seit Jahrzehnten zugeschüttet ist. Unter einem alten Eisenpflug, neben einer dekorativ aufgestellten schwarz-gelben Gefahrentonne. Es war klar, dass die Leiche gleich bei Tageslicht zu sehen gewesen war. Der Mörder hätte sie leicht ins Wasser des Sieles werfen können, sie wäre nicht so schnell entdeckt worden. Wäre sie mit Beton oder Steinen oder mit einem der herumliegenden Anker beschwert worden – es hätte bestimmt Tage gedauert bis zur Entdeckung.

Aber all das war nicht passiert. Auf den ersten Blick ein schwieriger, ein seltsamer Fall. Spuren eines Gummireifens, vermutlich einer Schubkarre, führten zum Fundort. Es hatte geregnet in der Nacht, deshalb waren die Abrollspuren noch zu sehen. Auffällig war an der linken Hand eine sehr simple Tätowierung: Zwischen Daumen und Zeigefinger waren drei dicke blaue Farbflecke unter der Haut zu sehen, offenbar mit grobem Werkzeug beigebracht. Unter modernen Gesichtspunkten würde man überhaupt nicht von einer Tätowierung sprechen, angesichts der Tattoo-Landschaften, die inzwischen sogar Mittelschichtsmenschen sich auf Rücken, Bauch, Arme, Hinterteile, Unterschenkel, Fußgelenke haben einstechen lassen. Ein älterer Kriminalbeamter, kurz vor der Pension, wusste die drei Punkte zu deuten. Er kannte diese simplen Zeichen von osteuropäischen, russischen „Kandidaten" – wie er die Kriminellen seiner langen Karriere nannte. Es waren Tätowierungen aus russischen Gefängnissen oder aus Gefängnissen des ehemaligen russischen Unionsgebietes. Das schien klar zu sein. Das Alter des Toten passte jedoch nicht zum Durchschnittsalter solcher „Kandidaten". Mit Mitte sechzig war der Tote zu alt für einen etwaigen Bandenkrieg und einen „Chef-Kandidaten" hätte man diskreter beseitigt. Das beschauliche Hooksiel passte einfach nicht zu der schrecklich zugerichteten Leiche.

Es sollte nicht lange dauern, bis der Kriminalbeamte den Fall verstehen würde. Der Ablauf war erstaunlich logisch, trotz aller Tragik der Zusammenhänge. Einen solch todtraurigen Fall hatte er nie gehabt und irgendwie war er froh, den Job endlich an den Nagel hängen zu können, in absehbarer Zeit. Er freute sich darauf, mit den anderen im Verein, das originalgetreue Wikingerschiff weiterbauen zu können. Die Russland-Spur war schon richtig, hatte aber nichts mit der üblichen Ost-Kriminalität seiner „Kandidaten" zu tun.

Die Vorgeschichte begann mit einer Teenager-Liebe im fernen Kasachstan, irgendwo in der Provinz, nicht so weit vom sogenannten Weltraumbahnhof Baikonur. Ein kleines Dorf mit deutschstämmigen Mennoniten. Ende des 19. Jahrhunderts dorthin geflüchtet oder getrieben. Ein paar hundert Menschen, gottesfürchtig, bescheiden. Ende der 30er

Jahre wurden von Stalin-Schergen die meisten Männer und männliche Jugendliche zum Arbeitsdienst eingezogen, tatsächlich aber innerhalb weniger Tage erschossen. Erst nach 1989 wurde unter Jelzin die Wahrheit bekannt gemacht. Die Frauen hatten nie geheiratet, immer auf die Rückkehr ihrer Männer gewartet. Nur wenige Kinder wurden nach dem Krieg geboren, es fehlten eben die Männer. In den 60er Jahren wurden die Lebensbedingungen ein wenig besser, einer aus dem Dorf durfte sogar auf dem Weltraumbahnhof arbeiten, obwohl er ein „Volksdeutscher" war. Er verschwand eines Tages, kam nicht zurück. Ein Arbeitsunfall, hieß es vage. In Wahrheit gab es eine große Katastrophe – im Oktober 1960 explodierte beim Start eine Interkontinentalrakete vom Typ Ty R-16. Über 120 Tote. Auch geheim gehalten bis nach 1989. Im Dorf mit dem schönen Namen Sonnenthal ahnte man das Unglück, niemand wagte jedoch nachzufragen.

Dass Vera und Anton ein Liebespaar waren, ein paar Jahre später, war ebenso kein Geheimnis. Es gab keine Geheimnisse in Sonnenthal bis 89 – erst danach, mit den vielen Ausreisen nach Deutschland gab es Geheimnisse. Im Dorf wusste man alles. Eben auch, dass Vera und Anton sich heimlich trafen, in einem kleinen Wäldchen mit fast vertrockneten Bäumen. Dort saßen sie, hatten sich Limonade aus hausgemachtem Himbeersaft mitgebracht, hatten Kleinigkeiten zu essen dabei. Hielten sich an den Händen und schworen sich Treue bis in alle Ewigkeit. Beide waren in der mennonitischen Gemeinde aktiv, sie sang im Chor, er spielte Akkordeon. Mehrfach in der Woche fanden Gottesdienste statt, am Sonntag sogar zwei Stunden morgens und zwei Stunden abends. Das Techtelmechtel wurde misstrauisch beobachtet, alles wurde misstrauisch beobachtet. Aus der Reihe tanzen war nicht vorgesehen. In der Schule sprach man russisch, zu Hause deutsch. Eigentlich sogar Plattdeutsch, ein ostpreußisch gefärbtes. Aber eigentlich war der Ursprung der

Mennoniten im holländischen West-Friesland, später Ostfriesland. Immer auf der Flucht vor den Obrigkeiten. Seit dem 17. Jahrhundert.

Vera Koopmann und Anton Peters versprechen sich ewige Liebe, sie würden auf immer zueinander halten. Sie würden eine Familie gründen, Kinder kriegen, gottesfürchtig leben und glücklich sein. Sie küssten sich zart in dem kleinen Wäldchen und alle wussten es.

Vera wollte Krankenschwester werden, aber das war unmöglich im Dorf, ebenso in der weiteren Umgebung. Jemand aus der Familie kannte jemanden im fernen Alma Ata, heute Almaty genannt. Der hatte gute Beziehungen zu einem großen Krankenhaus, dort wurden Krankenschwestern ausgebildet und man nahm sehr gerne Mennoniten-Mädchen. Sie waren folgsam, fleißig und ließen sich nicht auf Spielchen ein mit kasachischen oder russischen Jungs, die am Wohnheim lungerten und versuchten, die Mädchen abzuschleppen. Es gab in der Stadt verschwiegene Tanzbars und Vodka. Aber Vera war immun gegen diese Versuchungen. Mit Kasachen hätte sie sich sowieso nicht eingelassen, die Kasachen waren die „Schwarzen". Mit Russen auch nicht, sie galten als Hallodris. Mit Volksdeutschen hätte sie sich eingelassen, aber sie hatte ja ihren Anton und schrieb ihm jeden zweiten Tag einen Brief. Die Briefe wurden damals zuverlässig ausgeliefert, auch wenn sie fast 10 Tage unterwegs waren. In den Briefen beschrieb sie ihren Alltag im Krankenhaus, von den Patienten und ihren Leiden, von dem Glück, Menschen helfen zu können und von dem Glück, das sie und Anton hätten, da sie sich lieben würden und bald wieder zusammen sein würden. Aber sie wusste nicht, dass Anton ihre Briefe nicht erhielt und dass er immer trauriger wurde, weil er es nicht verstehen konnte, dass sie ihn offenbar vergessen hatte in der fernen Stadt. Auch Anton schrieb Briefe, jeden dritten Tag oder zumindest einmal in der Woche. Das Schreiben fiel ihm nicht so leicht wie Vera, auch wenn er seine Zeilen zutiefst ehrlich und sehnsuchtsvoll schrieb. Die Unbeholfenheit in seinen Sätzen hätte sie gerührt, wenn sie seine Briefe bekommen hätte. In den ersten Wochen erreichten die Briefe ihre Empfänger, dann nicht mehr. Kein Brief kam in Alma Ata an und kein Brief in der Provinz. Zwar wohnte Anton nicht mehr in Sonnenthal, er arbeitete auf einer Kolchose in der Nähe als Schweinezucht-Facharbeiter – aber der Kontakt zum Dorf bestand. Normalerweise brachte er seine Briefe dorthin, wenn er alle drei Wochen ein Wochenende frei hatte. Dann übergab er die Briefe an seine Familie, damit sie in die Post gehen würden. Im Gegenzug nahm er die Briefe von Vera in Empfang, in den ersten Wochen, wie gesagt, dann nicht mehr.

Nun war es nicht so, dass die kasachische Post plötzlich unzuverlässig wurde, nein, damals noch nicht. Es war die Familie Peters, die Veras Briefe verschwinden ließ und seine nicht abschickte, in Absprache mit der Familie Koopmann. Die Gemeinde missbilligte die Verbindung von Vera und Anton. Es wurde nie explizit darüber gesprochen, aber der Grund lag wohl darin, dass Vera und Anton weitläufig verwandt waren. Sehr weitläufig zwar, aber doch nachvollziehbar. Für eine geschlechtliche, eheliche Beziehung hätte keine Gefahr bestanden, dass die Kinder behindert gewesen wären – aller Wahrscheinlichkeit nach. Aber, da die dörflichen Verbindungen doch allgemein genetisch vielleicht ein wenig zu nah waren – dachte man sich – wenn Vera schon in Alma Ata ist, findet sie bestimmt einen guten Volksdeutschen dort, vielleicht sogar einen Doktor, einen Arzt aus dem Krankenhaus, der sie heiratet und schwängert. Möglicherweise auch umgekehrt. Auch gut, Vera würde sich schon zu helfen wissen. Sie war hübsch, intelligent und hatte eine Entschlossenheit, die allgemein den Koopmanns nachgesagt wurde. Die lange Trennung würde schon irgendwie wirken und die jugendliche Lust und die Triebe würden schon für Konsequenzen sorgen.

Taten sie aber nicht – jedenfalls nicht in dem Sinn, wie die Familien Koopmann und Peters sich das ausgedacht hatten. Auch Anton auf der Schweine-Kolchose blieb der Vera treu, trotz der Versuchungen in Form der üppigen russischen Frauen, die dort ebenfalls arbeiteten. Auch für ihn kamen kasachische Mädchen nicht in Frage, geschlechtlichen Kontakt zu den „Schwarzen" hatte man nicht, zu den Russen schon eher. Die Statik oder besser gesagt, die Treue in der nicht gelebten Liebesbeziehung zwischen Vera und Anton blieb ihren Familien nicht verborgen, sodass man beschloss, dem Unglück nachzuhelfen. Damit begann das Drama, wenn es nicht schon mit der Unterschlagung der Briefe begonnen hatte.

In einem der seltenen und schwierigen Telefonate, vom einzigen Apparat in der Gemeinde- Verwaltung geführt, wurde Vera informiert, dass Anton auf der Kolchose sich eine der Russinnen geangelt hätte, dass man dieses in Sonnenthal missbilligen würde, dass er mit den Russen Vodka trinken würde und dass er schon lange nicht mehr im Dorf gewesen wäre. Letzteres entsprach der Wahrheit, hatte aber einen anderen Grund. Denn ihm wurde ausgerichtet, dass Vera in der großen Stadt mit einem Arzt aus dem Krankenhaus ausgehen würde. Dass sie von diesem Arzt schwanger geworden wäre, dass sie es nicht wegmachen hatte lassen, obwohl im Umfeld des Krankenhauses die Möglichkeit dafür gegeben war. Dass man in der Gemeinde für sie bete.

Die Inszenierung der Lügen verfehlte ihre Wirkung nicht. Schwer enttäuscht und mit gebrochenen Herzen versuchte das betrogene Liebespaar den Schmerz zu ertragen. Dieses gelang beiden nicht.

Es war zuerst die Zeit der verzweifelten Lähmung. Vera zog sich zurück, kannte nur noch ihre Arbeit im Krankenhaus. Die Patienten bemerkten die Veränderung und versuchten sie aufzuheitern, ohne zu wissen, wie es um sie stand. Das führte zu grotesken Situationen, frisch Operierte versuchten, Scherze zu machen, um sie aufzuheitern. Das tat weder den Patienten gut, noch hatte es den gewünschten Effekt bei Vera.

Was dann geschah, ist schnell erzählt. Es trat mehr oder weniger das ein, was die Familien arrangiert hatten. Anton probierte den Vodka und stellte fest, dass er in seiner Situation ein besserer Tröster als Gott war. Er feierte mit den Russen und den Kasachen, es gab auf der Schweine-Station immer einen Anlass zu feiern. Außerdem, was sollte man auch sonst machen in der weiten Steppe. Er gewöhnte sich langsam an das Leben ohne Sonnenthal und ohne Vera, er war in der „Welt" angekommen, wie die Mennoniten sagen würden. Er wurde Vorarbeiter und war später in der Buchhaltung tätig. Diese Position ermöglichte es ihm, geschäftliche Beziehungen zu Beamten und anderen Betrieben herzustellen. Durchaus zu seinem Vorteil. Und in der Sowjetrepublik Kasachstan ging es bergauf. In Baikonur – das in der damaligen Zeit noch Leninsk hieß – wetteiferte man mit den Amerikanern. Anton heiratete ein russisches Mädchen, Lenka, die er geschwängert hatte. Im Laufe der Jahre bekamen die beiden vier Kinder. Lenka kränkelte immer etwas, hatte einen angeborenen Herzfehler. Ein Wunder, dass sie vier Kinder gebären konnte.

Auch Vera gründete eine Familie, sie heiratete einen Mennoniten, dem sie im Krankenhaus begegnete. Sie kannten sich vom Sehen auf der Arbeit, näher kamen sie sich im gemischten Chor. Er hieß Johann Janzen und war ein gottesfürchtiger Mann, allerdings kein Arzt. Auch war er nicht immer gottesfürchtig gewesen, in seiner Militärzeit, irgendwo stationiert in der DDR, war er auffällig geworden, weil er unziemlichen Kontakt mit anderen jungen Soldaten hatte. War deswegen in Arrest und hatte seitdem ein steifes Bein. Johann war jetzt Heizer im Kesselhaus der Klinik. Er schaufelte Kohlen mit seinen Kollegen, musste die Warmwasserleitungen in Ordnung halten und dafür sorgen, dass immer Nachschub da war. Auch dieses Paar bekam vier Kinder, die alle fromm erzogen wurden. Das war in Kasachstan noch möglich, später in Deutschland nicht mehr. Die Kinder entglitten den Eltern, wie es häufig in Auswandererfamilien zu beobachten war.

Und dann änderte sich so viel, die Sowjetunion zerfiel, Kasachstan wurde 1991 unabhängig. Baikonur lag auf kasachischem Boden und die Russische Regierung musste das Gelände nun für viele Millionen mieten. Auch das Testgelände für russische Langstreckenraketen war weg. Die vielen Hundertausend Russlanddeutschen sahen nun die Möglichkeit, das Gebiet der ehemaligen Sowjetunion zu verlassen, um nach Deutschland zu ziehen. Dort, wo sie nie waren und wo sie sich ein besseres Leben erhofften. Auch Vera und Johann und die vier Kinder bekamen die Ausreisepapiere und einen deutschen Pass. Sie zogen ins Bergische Land, dort lebten viele Mennoniten. Über Freunde gelangten sie dorthin, wurden Teil der Gemeinde, wie sie es in Kasachstan waren. Fleißig und unter gegenseitiger Hilfe bauten sie ein Haus.

Es ging ihnen gut. Nach ein paar Jahren erfüllten sie sich einen großen Traum – sie kauften einen gebrauchten Wohnwagen und fuhren damit durch Deutschland in ihrer freien Zeit. Es waren Urlaubsfahrten, aber in erster Linie waren es Fahrten zu Russlanddeutschen-Treffen, Gemeinde-Besuchen, Beerdigungen und Hochzeiten aus dem Bekanntenkreis. Dieser Wohnwagen war nützlich eingerichtet mit einem Gasofen, einer Gasheizung, Fernseher, Kühlschrank.

Immer dabei war auch ein Samowar, ein Mitbringsel aus der alten Heimat Kasachstan. Die Teemaschine wurde vor dem Wohnwagen aufgestellt und mit Holzspänen angeheizt.

Der Tee, den sie darin zubereiteten, war nicht ganz so gut wie mit dem Broken Silber von Thiele aus Emden, aber fast. Wenn Vera und Johann sich auf ihrem Lieblingsplatz auf dem Campingplatz von Hooksiel aufstellten, saßen immer andere Camper bei den freundlichen Aussiedlern, die immer noch ihren etwas ostpreußisch klingenden Singsang sprachen. Sie liebten den Ort in Friesland, mischten sich auch unter die Einheimischen und probierten ihr Plattdeutsch an ihnen aus. Durchaus erfolgreich, besonders Vera tat sich darin hervor. Sie waren jetzt ein gemütliches Rentnerpaar Mitte 60 mit einer langen und komplizierten Herkunft. Mit wohlgeratenen Kindern und auch drei Enkelkindern, die besonders gerne mit Johann bastelten. Johann war ein Opa, wie sich ihn Enkel nur wünschen konnten.

Irgendwann mit der Auswanderungswelle kam auch Anton nach Deutschland. Es dauerte etwas länger, weil seine Frau Russin war und keinen deutschen Pass bekam. Als Härtefall jedoch, ihre Herzprobleme waren nicht besser geworden und die gemeinsamen Kinder waren zumindest halbdeutsch – zogen alle weg von der Schweine-Kolchose nach Deutschland, ins Emsland. Auch dort kannte man sich mit der Massenhaltung von Schweinen aus und die Fachkenntnisse, die Anton mitbrachte, waren hilfreich. Auch wenn er schlecht bezahlt wurde und keine verantwortliche Stelle bekam. Seine Frau konnte sowieso nicht mehr arbeiten wegen ihres Gesundheitszustandes. Und nach vielen Jahrzehnten erinnerte sich Anton an die Mennoniten-Zeit in Sonnenthal, er wurde sogar etwas rührselig und suchte die Nähe der nächsten Gemeinde. Er begann mit der Imkerei, die er aus seiner Kindheit noch kannte. Seine Frau wurde sehr gut ärztlich versorgt und ein Termin für eine Herz-OP wurde angesetzt.

So sah also alles ganz gut aus.

Doch dann passierte etwas, was alles ins Wanken brachte. Überall in Deutschland waren Russlanddeutsche in Kontakt, man traf sich auf Beerdigungen, Jahrestreffen der Regionen, Hochzeiten, Gesangstreffen, meist in Norddeutschland. Fast drei Jahre lang verpassten Vera und Anton sich auf solchen Treffen. Sicher, ab und an dachten sie an die Jugendzeit in Sonnenthal, so wie man an das erste Fahrrad denkt oder die erste Karussell-Fahrt. Ernsthafte Gedanken kamen nicht hoch, dazu war alles zu tief verbuddelt.

Bis sie sich plötzlich gegenüberstanden. Inmitten einer großen Beerdigungsgesellschaft. Als ob der Blitz eingeschlagen hätte. Sie standen sich kurz gegenüber, starrten sich an. Sie erkannten sich sofort, trotz der fast 50 Jahre, in denen sie sich nicht gesehen hatten. Vera bekam weiche Knie und sackte zusammen. Ihr Mann fing sie auf, man setzte sie auf eine Bank im Seitenschiff des Gotteshauses. Man gab ihr ein Glas Wasser. Kreislauf, murmelte sie. Anton sah zu ihr herüber. Es war nicht möglich zu reden.

Seit dieser wortlosen Begegnung gingen beide so oft wie möglich auf die immer wieder angesetzten Gemeindetreffen. Schon nach drei Wochen sahen sie sich wieder. Diesmal eine Hochzeit. Veras Mann war nicht dabei, er hatte den Enkeln versprochen, an den Fahrrädern zu basteln. Antons Frau war auch nicht dabei, das Herz. Sie standen sich am Büfett gegenüber und gaben sich die Hand. Zwei Menschen standen sich gegenüber mit pochenden Herzen. Wieso hast du nicht mehr geschrieben? Aber ich habe doch – jeden zweiten Tag. Und ich bestimmt einmal die Woche. Man sagte mir, du wärst schwanger, von einem Arzt. Und du hättest eine Russin gehabt. Das stimmt nicht! Erst später, als ich von deinem Verhältnis zu dem Arzt gehört habe. Aber es ist eine Lüge. Wer hat das gesagt? Die Familie, meine Mutter, mein großer Bruder. Dann hab ich die Hoffnung aufgegeben, ich konnte dich nicht erreichen.

Vera und Anton gehen spazieren, entfernen sich von der Hochzeitsfeier. Es ist ein warmer Sommerabend. Sie reden und reden, verstehen, dass man sie betrogen hat. Verstehen nicht, warum. Die ganze Kraft der jugendlichen Liebe steigt in ihnen hoch. Sie kommen zu einem Wäldchen, grün diesmal. Nicht vertrocknet wie in Kasachstan. Sie setzen sich ins Gras, reden, reden. Eine Großmutter und ein Opa, beide ergraut. Sie fassen sich an, drücken ihre Körper gegeneinander. Sind starr verhakt. Küssen sich, verschlingen sich gegenseitig. Und die ganze Sehnsucht, die Wollust der Jugend bricht sich Bahn. Sie reißen sich die Kleider vom Leib, nicht alle. Nur die, die stören, damit sie miteinander schlafen können. Sie geraten vollkommen außer Atem, vergessen, wo sie sind und wer sie sind. Sie sind jetzt die Jugendlichen, die damals nicht den Mut und die Kraft und das Glück hatten.

Ab jetzt ist das ganze Leben der beiden auf ihre Liebe fixiert. Es gibt nur noch die Frage, wo können wir uns wieder sehen. Und sie finden Gelegenheiten alle paar Wochen. Ihren Partnern gegenüber erfinden sie Ausreden, warum sie alleine fahren. Sie quälen sich mit Anrufen voller Begehren, sie reden miteinander wie Teenager. Entwickeln solche sexuellen Sehnsüchte, dass sie ihre familiären Umgebungen nur noch minimal wahrnehmen. Dann stirbt Antons Frau Lenka bei der Herzoperation. Unerwartete Schwierigkeiten. Anton verstummt. Seine Kinder müssen ihn versorgen. Endlich trifft er Vera wieder, diesmal ein Chortreffen. Sie sind im selben Hotel untergebracht, sie geht in der Nacht zu ihm aufs Zimmer. Sie klammern sich fest, seine Erstarrung löst sich und er weint hemmungslos. Weinend küssen sie sich, haben wieder Sex. Immer wieder. Bis der Kreislauf nicht mehr kann. Am Morgen sieht jemand, wie Vera aus dem fremden Zimmer kommt. Sie murmelt einen Gruß. Am Frühstückstisch wird es still, als sie auftaucht. Dann kommt Anton zum Frühstück, er macht einen verwirrten Eindruck. Verschüttet seinen Kaffee.

Wieder ein Spaziergang, bevor beide wieder wegfahren müssen. Wir müssen etwas tun. Was sollen wir tun. Kannst du dich scheiden lassen? Nein, das geht nicht. Was werden die Kinder sagen. Johann wird das nicht überleben. Niemand wird das verstehen. Was kann ich dafür, dass meine Frau schon gestorben ist. Nichts kannst du dafür. Es ist das Schicksal. Die Kinder sind aber erwachsen, die müssen ihr eigenes Leben führen. Johann ist ein guter Mensch, er spielt mit den Enkeln, repariert ihre Spielsachen, die Fahrräder. Wir müssen mit ihm reden, er muss es verstehen. Ja, er wird es verstehen. Wir reden mit ihm. Aber nicht jetzt. Später. Gut später. Nach der Imker-Messe, sagt Anton, da bin ich im Vorstand. Ja gut, danach. Es muss uns egal sein, was die anderen denken. Man hat uns betrogen. Wir haben das Recht. Und wieder fallen sie über sich her, verschlingen sich.

Na gut, wir reden mit ihm, nach unserem Camping-Urlaub in Hooksiel, gleich danach. Gut.

Aber Anton hält es nicht aus. Er fährt nach Hooksiel, wo Vera und Johann mit ihrem Wohnwagen hingefahren sind. Ein wunderschöner Spätsommertag. Er findet den Wohnwagen, erkennt ihn am kasachischen Samowar vor dem Eingang. Er klopft an die Tür, Johann öffnet. Ja bitte? So ein schöner Samowar, sagt Anton. Ich kenne die aus Kasachstan. Ja, aus der Heimat, sagt Johann. Ich weiß, dass Sie hier sind, sagt Anton, weil ich Ihre Frau auf der Beerdigung getroffen habe, in Detmold. Ach ja, in Detmold, leider konnte ich nicht, die Enkel.

Vera tritt hinzu. Johann sagt, schau mal, mein Schatz, jemand aus der Gemeinde besucht uns, du kennst ihn doch. Vera ist sprachlos, das war nicht verabredet. Sie steht starr vor Schreck. Kommen Sie doch rein, setzen Sie sich, ich mach uns einen Tee. Johann macht sich am Samowar zu schaffen. Anton ist mit Vera allein. Beide sagen nichts. Minutenlang, während Johann den Tee macht. Er kommt mit dem Tee in den Wohnwagen. Schweigend wird Tee getrunken. Und ihr kennt euch aus der Heimat? Ja, aus Sonnenthal. Schön.

Wisst ihr was, warum geht ihr nicht spazieren, ihr habt euch bestimmt viel zu erzählen aus alten Zeiten. Ich nehme schon mal den Fisch aus für später. Wie in Trance steht Vera auf, sagt, ja gut. Sie und Anton gehen spazieren. Schweigend und steif gehen sie nebeneinander her. Sie laufen die Bäderstraße entlang, biegen über den Middeldiek zur Viethstraße bis zum alten Hafen. Möchtest du etwas essen, das Packhaus sieht gut aus. Vera reagiert immer noch nicht. Vielleicht zum ‚Schwarzen Bären'? Vera schüttelt den Kopf. Lass uns zurückgehen. Wohin zurück? Ich weiß nicht. Sie kommen zum Wohnwagen zurück, kurz davor bleiben sie stehen, sehen sich an. Vera küsst Anton mit der ganzen Kraft ihrer bisherigen Begegnungen, sie drückt sich gegen ihn und spürt seine Erregung. Sie schlagen sich in die Büsche, wie sie es immer tun, wenn sie sich sehen. Nur kurz diesmal. Desolat kommen sie zum Wohnmobil, öffnen die Tür. Johann sitzt auf dem Bett, schaut auf. Wie seht ihr denn aus, ist etwas passiert? Alles in Ordnung, sagt Vera.

Ich gehe mit Anton fort. Der stutzt. Wie? Sagt Johann. Fort, ganz weg. Es geht nicht mehr. Dann nimmt sie den Samowar und schlägt ihn mit voller Wucht auf den Kopf ihres Mannes. Der kippt mit einem kehligen Röcheln zur Seite, sie schlägt weiter zu. Anton ist kurz unschlüssig, ringt ihr den Samowar aus den Händen und schlägt nun seinerseits auf den Kopf des Mannes ein. Überall Blut, immer wieder schlägt das schwere Metall auf den Schädel des Mannes, der schon längst keinen Laut mehr von sich gibt.

Wir müssen ihn wegschaffen. Ja, machen wir. Wohin? Ich weiß einen Platz. Sie fängt an, ihren Mann auszuziehen. Er stopft die Sachen in einen Müllbeutel. Hilf mir! Sie versucht den Ring abzuziehen, es klappt nicht. Mach du. Er schafft es auch nicht. Was sind das für Punkte an seiner Hand? Aus dem Gefängnis, eine Tätowierung. Hinter dem Wohnwagen steht eine Schubkarre, die brauchen wir. Da kommt er hinein. Es ist dunkel inzwischen, niemand zu sehen, kein Mensch mehr unterwegs. Er schiebt die Karre, es fängt leicht an zu regnen. Sie kommen zum ehemaligen Schwimmbad, es regnet immer stärker. Sie laden ihn ab neben dem rostigen Eisen.

Ich muss zurück und den Wohnwagen sauber machen. Ja, mach das. Und ich fahre am besten nach Hause. Ja gut. Die Schubkarre muss noch weg. Ja. Gut. Sie sehen sich an, küssen sich kurz. Gehen auseinander.

Die Polizei hat den Fundort gesichert und folgt mit einem Spürhund, einem Belgischen Schäferhund, der Rollspur einer Schubkarre. Sie kommen zum Wohnwagenpark, der Hund schlägt an. Sie öffnen die Tür. In einem blutigen Chaos hockt eine offenbar verwirrte Frau und schrubbt mit einer Bürste Blutspuren vom Teppichboden. Es ist nicht meine Schuld, sagt sie.

Bringen Sie mich nach Hause?

Der Kriminalbeamte geht auf die Frau zu. Kommen Sie erst mal da raus, wir sehen dann weiter. Sie steht bereitwillig auf und lässt sich nach draußen führen.

Haben Sie meinen Mann gesehen, er ist weg.

Der Kriminalbeamte gibt keine Antwort.

Hooksmeer

Landkreis Friesland

Das Hooksmeer (oder auch Hooksieler Binnentief genannt) befindet sich im Landkreis Friesland – Hooksiel ist ein Ortsteil der Gemeinde Wangerland. Als vor mehr als 40 Jahren der 1600 Hektar große Voslaper Groden vor Hooksiel aufgespült wurde, versprach man sich neue Industrieansiedelungen und die Schaffung vieler Arbeitsplätze. Im Rahmen der umstrittenen Baumaßnahmen wurde ein elf Kilometer langer Deich gezogen und ein ausgedehntes Salzwiesen-Areal mit Sand aus der Jade überlagert. Die

Links: Das 60 Hektar große Hooksmeer aus der Vogelperspektive. Das künstlich angelegte Gewässer ist mit viel Grün umgeben und lockt mit einigen Badebuchten.

Kosten: 160 Millionen Mark. Zu den Planungen gehörten auch die Schaffung eines Binnenmeeres und einer begrünten Schutzzone mit Wallcharakter am südlichen Ufer des Gewässers. Dafür wurde der Zugang des Hooksieler Tiefs zur Jade unterbrochen und stattdessen ein 60 Hektar großer See ausgebaggert – mit natürlich anmutenden Badebuchten. Im Jahre 1975 wurde jene Schleuse in Betrieb genommen, die das Hooksmeer seither mit der Nordsee verbindet und im Gewässer selbst für Umwälzungen sorgt.

Links: Seit Jahren ist die Wasserskianlage am Hooksmeer ein begehrtes Ziel für Wassersportler. Oben: Der historische Hafen von Hooksiel.

Auf einer Fläche von 100 Hektar wurden mehr als eine Million Bäume und unzählige Sträucher gepflanzt, die den Blick auf die Industrieanlagen verwehren sollten. So ist in den zurückliegenden Jahrzehnten am Hooksmeer ein einzigartiger Mischwald entstanden. Und das Hooksmeer avancierte mit der Zeit zum beliebten Naherholungsziel und zum Freizeitareal fürs Aktive. Seit 1980 befindet sich dort eine vielfrequentierte Wasserskianlage samt Besuchertribüne und Gastronomie. Wer sich im Wasserski versuchen möchte: Es gibt Anfängerkurse, die richtige Ausrüstung kann man vor Ort leihen. Außerdem werden die Wassersportarten Surfen, Wakeboarding und Tretbootfahren angeboten. Rund 400 Liegeplätze offeriert die Marina im Hooksmeer.

Das Wikingerschiff „Tyrkir“ ankert im Alten Hafen von Hooksiel. Es lädt von dort aus zu Pendel- und Erlebnisfahrten ein - mal kann das Hooksmeer erkundet werden, mal stehen Touren zu den Ostfriesischen Inseln auf dem Programm (www.tyrkir.de).

Frauenmeer

Jutta Oltmanns

Eistöchter

Ein Mädchen schiebt meinen Rollstuhl. An ihren Namen kann ich mich nicht erinnern. So wie ich mich nicht daran erinnern kann, gefragt worden zu sein, ob mir ein Tagesausflug an meinem Geburtstag gefallen würde. Das Mädchen erzählt irgendetwas von einem See aus der Eiszeit und einem Picknick am Ufer. Sie schiebt mich in den Schatten, winkt kurz und geht.

Ein Weg schlängelt sich vor mir her, rechts liegt ein Dorfteich, auf dem Enten schwimmen, und links ein alter Friedhof. Ich lehne mich zurück und blicke zum Himmel. Wolken treiben vor tiefem Blau und erinnern mich an Schiffe, an einen Wal, ein Haus. Ich döse ein.

Was mich geweckt hat, kann ich nicht genau sagen. Einen Moment lang weiß ich nicht, wo ich bin. Ach ja, der Ausflug. Mein 95. Geburtstag. Das Mädchen schiebt meinen Rollstuhl. Alte Höfe gleiten an mir vorüber, tiefe Gräben und Laubbäume. Schließlich biegen wir rechts in einen Feldweg ein.

Eine Ahnung regt sich in mir. War ich schon einmal hier? Ich umklammere mit den Händen die Lehnen des Rollstuhls und richte mich auf, während wir auf ein Gatter zusteuern. Ein Weidestück kommt näher. Ich kann einen langen Picknicktisch und Bänke ausmachen und in der Ferne ein Gewässer. Ein junger Mann mit wildem Haar öffnet das Gatter und winkt uns lachend heran. Er schiebt meinen Rollstuhl mit einiger Anstrengung über das Gras und hält unter einer Baumgruppe an. Er plaudert mit dem Mädchen.

Ich kneife die Augen zusammen und starre in die Ferne. Und dann, urplötzlich, erkenne ich es. Dort drüben … Mitten im Grün … Das Gewässer … Es ist das Frauenmeer! Der See liegt vor mir, wie eine Schale gefüllt mit Bitterkeit.

Meiner Fassungslosigkeit folgt eine Woge der Panik. Ich möchte schreien, doch kein Laut kommt über meine Lippen. Mein Herz schlägt so rasend, dass ich nur noch keuchen kann. Ich greife nach den Rädern des Rollstuhls, doch mir fehlt die Kraft, sie zu bewegen. Ich reiße die Hände hoch und schlage sie vor das Gesicht. Ruhig. Ganz ruhig. Es kann nicht sein! Dies ist irgendein See, an irgendeinem Ausflugsort. Ich bin nicht in Timmel. Dort gibt es keinen Dorfteich. Dort sieht alles ganz anders aus.

Ich lasse die Hände sinken, wage jedoch nicht die Augen zu öffnen. Zu tief sitzt das Grauen!

Das, was der See mir ins Gedächtnis ruft, ist vor langer Zeit geschehen. Ich bin jetzt eine Greisin, doch damals, im Juni 1934, war ich zwölf Jahre alt. Die Erinnerung an jene Vollmondnacht hat mich nie verlassen. Sie ist nicht blasser geworden, wie all die anderen Bilder aus der Vergangenheit. Ich sehe alles klar und deutlich vor mir: den dunklen See, die Gestalten mit den silbrigen Leibern, die wabernden Nebelschwaden über dem Wasser. Ich habe versucht, all das zu vergessen, den Gesang zu vergessen, doch es ist mir nicht gelungen. Wenn der Schlaf mich flieht, treiben mir die Erinnerungen immer noch Angstschweiß auf die Stirn.

Ich habe nie darüber gesprochen, was in jener Nacht geschehen ist. Vielleicht sollte ich alles niederschreiben, so lange meine gichtgekrümmten Finger noch einen Stift halten können. Vielleicht! Die Frage ist jedoch, ob jemand meine Geschichte glauben wird.

Damals, 1934, war die Welt eine andere. Autos, Telefon, Theater – all das gab es nicht. Zumindest nicht in dem kleinen Dorf Timmel, wo ich meine Kindheit verbrachte, wo Binnenmeere sich aneinanderreihten wie Perlen auf einer Schnur und der Himmel so hoch schien, dass die Vögel ins

Nichts flogen. Die Straßen waren kaum mehr als Wege und einen Arzt holte man nur, um den Totenschein ausstellen zu lassen. Sturmfluten wurden übernatürlichen Mächten zugeschrieben und das Fegefeuer war so real wie die Überschwemmungen, die unser Dorf nach starken Regenfällen regelmäßig von der Außenwelt abschnitten.

Meine Zwillingsschwester Voolke und ich hatten, neben der Schule und den Aufgaben, die uns auf dem Hof zufielen, ein freies Leben. Mit den anderen Dorfkindern kümmerten wir uns um Pferde, Schafe und Kaninchen. Wir pflückten Blumen auf den Wiesen und suchten Vogeleier und Brombeeren.

Ich war gern mit den Dorfkindern zusammen, doch Voolke war mir näher als jeder andere Mensch. Manchmal kannte ich ihre Gedanken, bevor sie diese aussprach und sie griff schon nach dem Taschentuch, wenn meine Tränen noch nicht flossen.

Im Sommer, wenn die Stunden endlos schienen, verbrachten wir ganze Tage am Boekzeteler Meer. Der Moorsee lag etwa eine Stunde Fußmarsch entfernt und wurde von einem Flusslauf berührt. Im Grase liegend konnten wir von weitem die dunklen Segel der Torfschiffe ausmachen, die golden aufleuchteten, wenn die Sonne plötzlich hinter den Wolken hervorbrach. Im Frühling, wenn junges Grün die Meeden schmückte und die Blüten der Wiesenblumen leuchteten, lauschten wir dem Rufen der Kiebitze und Uferschnepfen. Reiher und Störche zogen ihre Kreise und mit rauschenden Flügelschlägen flogen Wildenten über uns hinweg.

So sehr ich den Moorsee liebte, so sehr fürchtete ich das Frauenmeer. Der See lag inmitten eines Weidelandes unweit des Dorfes. Trotz des saftigen Grases ringsum mieden die Pferde des Bauern das Wasser und auch die Menschen hielten sich fern. Keine Kufen berührten jemals das Eis, niemand ließ ein Floß darauf treiben oder durchschwamm das Wasser. Nur der alte irre Derk-Ohm lag in bitterer Kälte auf der blanken Eisfläche und suchte nach dem Gesicht seiner Schwester, die vor sechzig Jahren im See ertrunken war. Zumindest behauptete er das. Ihr Leichnam wurde nie gefunden.

Voolke, die mutiger war als ich, beneidete die Jungen, die sich manchmal nachts zum Wasser schlichen, um jenen Wesen zu begegnen, von denen die alte Tedamöh erzählte. Geschichten über Seeweiber, Geister und Spukgestalten, die in den eisigen Tiefen hausten. Wenn sie von den Eistöchtern sprach, die in der Johannisnacht am Ufer des Sees tanzten, behielt sie Voolke und mich besonders im Auge. Wir waren Mittsommerkinder und für den Zauber der Wasserweiber empfänglich – zumindest behauptete die alte Tedamöh das. Mit erhobenem Zeigefinger warnte sie uns davor, in der Johannisnacht an den See zu gehen. Wer die Eistöchter tanzen sah, hatte den Tod vor Augen!

In jenem Sommer, von dem ich berichten will, brannte am Johannistag die Sonne vom Himmel, dass kein Mensch sich rühren mochte. Die Kühe standen träge unter Bäumen und selbst die Mühle schien ihre Flügel hängen zu lassen.

Voolke und ich verabschiedeten unsere letzten Geburtstagsgäste, und als die Pforte sich hinter den Mädchen schloss, stieß meine Schwester mich in die Seite: „Heute kurz vor Mitternacht … Ich wecke dich.“

„Ich weiß nicht, Voolke …“

„Du hast Angst. Dabei gibt es weder Eistöchter noch Wassergeister!“

„Ich habe keine Angst. Es ist nur …“

„Fräulein Appel sagt, das alles ist Aberglaube und für einen guten Christenmenschen muss es selbstverständlich sein, nichts darauf zu geben.“

Das Fräulein war unsere neue Lehrerin. Sie kam aus der

Stadt und brachte frischen Wind nach Timmel. Voolke hatte sie von Anfang an verehrt.

„Ich werde dir beweisen, dass sie recht hat", fuhr meine Schwester fort. „Und wenn die alte Tedamöh das nächste Mal mit ihren Mären anfängt und uns vor den Seeweibern warnt, dann werde ich ihr ins Gesicht lachen!"

Fledermäuse umkreisten den Kirchturm und ein Nachtvogel schrie, als wir an Dinkgräves Gasthof vorbeischlichen. Eine Böe fuhr in die Blätter der Linde und ihr Rauschen kam mir wie eine Warnung vor. Es war immer noch schwülwarm. Irgendwo braute sich etwas zusammen. Der volle Mond beschien den staubigen Pfad, den wir nahmen. Wir eilten an der sumpfigen Landstelle vorbei, die vor langer Zeit ein See gewesen war und folgten den Fahrspuren der Fuhrwerke. Harziger Duft stieg vom Boden auf und immer wieder durchdrang das langgezogene „Huhuhu-Huuuh" der Käuze die Stille.

In dem Maße, in dem meine Unruhe in den letzten Stunden zugenommen hatte, wuchs die Panik, je näher wir dem Frauenmeer kamen. Mit wild klopfendem Herzen hastete ich hinter Voolke her, kurz davor, mich umzudrehen und Reißaus zu nehmen. Bäuchlings schoben wir uns unter der Umzäunung durch, die die Weide umgab, in der der See lag. Ich schaute mich nach den Tieren um, die hier sonst grasten, doch die Pferde waren weit entfernt vom Wasser und nur ihr unruhiges Schnauben klang zu mir herüber. Wir schlichen weiter. Der Wind wurde stärker und fegte über das Gras, während wir zu dem hohen Gürtel von Binsen und Rohr huschten, der uns verbergen sollte. Von hier aus war das Frauenmeer gut zu sehen, denn ganz in der Nähe führte ein schmaler Pfad zum Wasser, der in einem breiteren Ufersaum endete.

„Da wären wir. Pünktlich wie die Maurer!"

Voolke schien sich nicht die Spur zu ängstigen, mir jedoch schlug das Herz bis zum Hals.

Meine Ohren nahmen ein dumpfes Grollen wahr. Es schien aus dem See zu kommen und sich mit dem aufziehenden Sturm zu verbinden.

„Hörst du das auch, Voolke?"

„Es ist nur der Wind."

„Ich weiß nicht … Lass uns verschwinden! Bitte!"

„Bist du verrückt? Gleich ist es soweit!"

Das dumpfe Raunen wurde lauter und immer lauter.

„Was ist das nur?"

Voolke antwortete nicht. Sie starrte auf den vom Vollmond in bronzenes Licht getauchten See. Ich folgte ihrem Blick und sah, dass sich Strudel im Wasser bildeten. Leichte Nebelschwaden stiegen auf und waberten über das Frauenmeer. Die misstönenden Klänge wurden lauter und immer lauter. Sie übertönten das Heulen des Windes und die Schreie der Käuze.

Und dann sah ich sie! Zwölf Gestalten entstiegen dem See. Wie eine kleine Armee glitten die Wesen mit den glänzenden Leibern dem Ufersaum zu. Es ist mir kaum möglich sie zu beschreiben, ohne den Verstand zu verlieren. Solche Kreaturen mochte sich der Teufel erdacht haben. Von weitem glichen sie mit ihren silbrigen Schuppenkleidern und dem langen weißen Haar wunderschönen Bräuten. Doch als ich in die wie mit Leinen überzogenen Gesichter sah, wusste ich, dass nichts Menschliches an ihnen war. Die gelben Katzenaugen der Wesen bündelten das Mondlicht und warfen es zurück. Sie starrten hierhin und dorthin, wie Tiere auf der Jagd. Ihre schwarz geränderten Lippen bewegten sich heftig und die Hände krümmten sich wie Vogelkrallen.

Die Wasserwesen tanzten, wie von unsichtbaren Fäden eines Puppenspielers gehalten und rauer Gesang quoll aus den breiten Mündern, die wie klaffende Wunden anmuteten. Das Lied der Eistöchter glich einer Mischung aus dem durstigen Brüllen von Vieh und den heiseren Schreien von Fasanen.

Mich überfiel ein solches Grauen, dass ich keinen klaren Gedanken mehr fassen konnte. Die Töne bemächtigten sich meiner und zu meinem Entsetzen verspürte ich einen zwingenden Drang, mich den Kreaturen zu zeigen. Keuchend schlug ich die Augen nieder und presste meine Hände auf die Ohren, um dem Gesang zu entgehen.

„Voolke! Wir müssen weg von hier!"

Ich zerrte an ihrem Arm, doch sie schien es nicht zu spüren. Meine Schwester begann sich zu wiegen und in den furchtbaren Gesang einzustimmen.

„Hör auf damit!" Ich schüttelte sie.

Mit leerem Gesichtsausdruck und einer Kraft, die ich ihr nicht zugetraut hatte, stieß sie mich zurück. Ich fiel, rappelte mich wieder hoch und sah Voolke aus unserem Versteck hervortreten und wie an einem Faden gezogen auf den See zuschreiten.

„Voolke! Nein!"

Ich hastete hinter ihr her und umklammerte sie von hinten. Das Raunen wurde stärker, bösartiger. Voolke riss sich von mir los. Ich fiel auf die Knie. Ich weinte. Ich rief. Doch sie hörte nicht. Das unheimliche Singen legte sich wie Watte auf meine Stimme und dämpfte meine Schreie. Ich konnte mich nicht mehr bewegen.

Sturmböen peitschten jetzt den See und warfen Wellen auf. Wolken verdunkelten für einen Moment den Mond, um ihn kurz darauf wieder freizugeben. Ich starrte auf die Gestalten, die sich zurückgezogen hatten, auf die glitzernden Leiber, die klaffenden Münder, auf Voolke, die jetzt bis zur Hüfte im Wasser stand. Ich starrte und brachte kein Wort mehr heraus. Meine Glieder waren wie am Boden festgeklebt. Tränen liefen mir über das Gesicht.

Die Wesen umringten meine Schwester, zogen den Kreis immer enger, wie ein Rudel hungriger Wölfe. Jetzt klang das Raunen triumphierend. Als sich der Reigen aus Leibern für einen Moment öffnete, konnte ich Voolke erkennen, die sich mir zugewandt hatte. Sie schien wieder bei Verstand zu sein, raufte sich die Haare und öffnete den Mund zu einem lautlosen Schrei. Unsere Augen trafen sich und ihre Stimme schrie in mir: „Lauf Martha! Lauf um dein Leben!"

Ich glaube, es war der Anblick des Grauens auf ihrem Gesicht, der mir die Gewalt über meinen Körper zurückgab. Ich rappelte mich hoch, wandte mich um und floh. Regen strömte jetzt vom Himmel und verwandelte das Gras unter meinen Füßen in eine Rutschbahn. Ich strauchelte. Meine Hände krallten sich in Büschel wachsenden Gestrüpps und mich aufrichtend hastete ich weiter.

Ich hörte zorniges Murren, dumpfes Grollen. Sie waren hinter mir her! Nicht zu Fuß, sondern mit den Krallen ihrer Stimmen. Schon spürte ich, wie meine Kraft erlahmte, wie das Bedürfnis in mir aufstieg, mit ihnen zu singen, mich ihnen zu ergeben. Ich begann zu kreischen, hoch und schrill, um die Laute in meinem Kopf und um mich her zu übertönen.

Der Sturm wehte mir Zweige ins Gesicht, Äste knackten unter meinen Füßen. Mit gesenktem Kopf wankte ich voran. Ich keuchte und ein Steinbrocken ließ mich erneut straucheln. Ich fiel und schlug mit dem Kopf auf. Für einen Moment sah ich nur Sterne, dann erhob ich mich wieder und lief weiter, zwängte mich unter der Umzäunung hindurch und rannte. Meine Füße schwebten fast über den Boden. Ich spürte sie nicht mehr, wie ich auch mein Herz nicht mehr wahrnahm. Schlug es noch oder war ich schon tot?

Donner krachte, ein Blitz erhellte den Himmel. Ich rannte, bis mein Kopf zu zerplatzen drohte, bis heißes Seitenstechen mir die Tränen in die Augen trieb und ich den Geschmack von Blut auf meiner Zunge zu spüren glaubte. Ich rannte, bis ich nach einer Ewigkeit den Hof erreichte. Und dann war ich im Haus, schlug die Tür hinter mir zu und sank zu Boden, keuchend, wie ein in Raserei getriebenes Pferd.

Ich weiß nicht, wie lange ich so lag. Irgendwann zog ich mich mit zitternden Händen hoch und wankte zum Fenster. Nichts. Ich sah und hörte nichts. Draußen war es pechschwarz und Regen ergoss sich über das Land. Wie ich zwischen die Laken kam, weiß ich nicht. Ich konnte nicht mehr denken, nichts mehr fühlen, außer der Hitze, die in Wellen über meinen Körper jagte und mich glühen ließ. Dankbar versank ich in Dunkelheit.

Am nächsten Morgen war ich so krank, dass meine Mutter nach dem Arzt schickte. In fiebrigen Träumen kämpfte ich mit dem Tod, um schließlich blass und nur mehr ein Schatten meiner selbst ins Leben zurückzukehren. Niemand hatte den Mut, mir von meiner Schwester zu erzählen. Erst später erfuhr ich, dass sie vermisst wurde.

Das Geschehene liegt jetzt 83 Jahre zurück und hat mich in endlosen Nächten verfolgt. Mir ist bewusst, dass ich den Eistöchtern nur durch eine glückliche Fügung entkommen bin. Heute wäre ich zu alt und zu kraftlos zum Fliehen.

Mein Rollstuhl bewegt sich wieder. Eine Hand streichelt über meinen Arm. Das Mädchen schreit mir ins Ohr, dass es gleich Tee und Kuchen geben wird und noch andere Gäste kommen. Dies sei ein Streifzug an einen besonderen Ort, einen Pingo-See aus der Eiszeit.

Erleichterung durchflutet mich. Ein Pingo-See, was auch immer das ist. Zumindest nicht das Frauenmeer! Was für ein Unsinn, sich zu fürchten!

Ich öffne die Augen und summe vor mich hin. Das Mädchen greift wieder nach meinem Rollstuhl, wohl um mich noch dichter ans Wasser zu schieben. Sie zwitschert wie die Schwalben, die tief über das Gras fliegen, und während der See näher und immer näher kommt, stimmt ein weiteres Geräusch in den Reigen ein. Ein dünnes monotones Wimmern. Zunächst nur so schwach, dass ich an eine Täuschung glaube. Doch dann wird es lauter und intensiver. Ich erkenne die klagende Melodie. Ein Frösteln überläuft mich, trotz der Wärme des Sommertages. Mein Herz klopft vor Furcht und meine Hände beginnen so heftig zu zittern, dass ich sie unbewusst zu Fäusten balle. Ich versuche das schaurige Lied mit meinem Summen zu übertönen. Mit meinem Summen, das plötzlich … dem Raunen um mich her gleicht. Übelkeit überkommt mich. Mein Herz rast.

Ich will dem Mädchen sagen, dass ich fliehen muss, doch kein Wort kommt über meine Lippen. Vor mir liegt das Frauenmeer, genau wie damals! Die misstönenden Klänge werden lauter und immer lauter. Und dann beginnt sich ein Strudel inmitten des Sees zu drehen. Nebelschwaden steigen auf und wabern über dem Wasser.

Ich spüre einen starken, dumpfen Schmerz in der Brust. Er strahlt durch meinen Körper, der plötzlich ganz leicht wird. Ich spüre, wie mich der Strudel mit sich zieht. Weiter und immer weiter nach unten. Ich höre das Singen. Und dann sehe ich sie …

Frauenmeer
Landkreis Aurich

Das Frauenmeer liegt nördlich von Timmel – der Luftkurort gehört zur Gemeinde Großefehn. Der Name des beinahe kreisrunden Gewässers geht auf eine Sage zurück, die von drei reichen und hartherzigen Frauen handelt. Diese sollen für ihre bedürftigen Mitmenschen nichts übrig gehabt haben und dafür eines Nachts kurzerhand vom Himmel bestraft worden sein. Dergestalt, dass die drei geizigen Frauen, ihr Haus und ihre gesamte Habe im Erdboden versenkt worden sind. Das Loch, in dem die Frauen verschwunden

Links: Das Frauenmeer, das sich nördlich von Timmel in der Gemeinde Großefehn befindet. In dieser ländlichen Idylle fühlen sich viele Schwarzbunte wohl.

sein sollen, füllte sich hernach mit Wasser – heißt es in der Überlieferung. Doch damit nicht genug: Weil die Bewohner aus der Umgebung an Ort und Stelle vor Schreck und Angst zu weinen begonnen haben sollen, heißt das Land an dieser Stelle bis heute „Tranackers“ (Tränenäcker).

Tatsächlich ist das kleine, elf Meter tiefe Frauenmeer eine sogenannte „Pingo-Ruine“ und entstand vor rund 15 000 Jahren am Ende der letzten Kaltzeit. Pingos bilden sich durch Eislinsen in Gebieten mit Permafrost. Sie haben ei-

Das Frauenmeer ist für die Öffentlichkeit nicht zugänglich. Deshalb wird dieses lauschige Plätzchen am Wasser (links) ausschließlich privat genutzt.

nen Eiskern und sind von Erdreich überlagert, das durch das Eis hügelartig aufgeschoben worden ist.

Eine „wasserreiche" Erzählung ist auch die vom Fischkönig „Eenoog Hauer", der im Boekzeteler Meer bei Timmel gehaust haben soll – seinerzeit, als das Meer noch tief und fischreich gewesen sein soll. Als Fischer eines Tages sein Reich leer fischen wollten, soll der einäugige Hecht sie samt ihrer prall gefüllten Netze und Boote in die Tiefe gerissen haben. Zuvor hatten die Männer in ihrer Habgier darüber gestritten, dass es in dem Meer noch mehr Fische geben müsse. „Is dat de Fiß all?", sollen sie gestritten haben. Und

„Eenoog Hauer“ soll daraufhin aus dem Wasser gerufen haben: „Dat es he bit up ene, man ji kriegen kien ene!“ Weil die Männer weiterhin ihre Netze auswarfen, schmiss sich der Riesenhecht hinein und zog sie allesamt in die Tiefe. Zwar kamen die Männer mit dem Schrecken davon, aber ohne einen Fisch.

Das besagte rund 14 Hektar große Boekzeteler Meer zwischen Timmel und Boekzetelerfehn ist ein flacher Niedermoorsee und als Naturschutzgebiet ausgewiesen. Das Gewässer, das zur Gemeinde Moormerland gehört, wird vom Bezirksfischerverband Ostfriesland als Angelrevier genutzt. Er wird unter anderem vom Bagbander Tief durchflossen und vom Grundwasser gespeist.

Ganz in der Nähe und mit dem Naturschutzgebiet Boekzeteler Meer verbunden: das Timmeler Meer, das in den 1980er-Jahren künstlich angelegt worden ist. Es ist 25 Hektar groß und hat einen Zugang zur Ems und zum Ems-Jade-Kanal. Das Meer gilt als touristische Attraktion des Luftkurortes Timmel und verfügt über einen Strand, einen Freizeithafen, einen Campingplatz und eine Ferienhaus-Anlage.

Übrigens: Das Frauenmeer liegt inmitten einer ausgedehnten Fehnlandschaft – dort hat sich einst ein unwegsames Moor befunden, das mit großen Anstrengungen über einen langen Zeitraum urbar gemacht worden ist. Es waren vier geschäftstüchtige Männer aus Emden, die anno 1633 gemeinsam 400 Diemat Hochmoorflächen an der Flumm gepachtet hatten, um mit dem Torfabbau Geschäfte in der damals bedeutenden See- und Handelsstadt Emden zu machen.

Angegraben wurde das Moor erstmals am 20. April 1634 – das lässt sich auf dem Umschlag des ältesten Timmeler Kirchenbuches nachlesen. Die Verfehnung der Flächen erfolgte nach holländischem Vorbild. Zunächst musste

Ein Teil des Uferbereichs ist mit Schilf bewachsen.

ein Kanal gegraben werden, der das Hochmoor entwässerte. Sobald das Moor trockengelegt war, begann links und rechts entlang des Kanals der Torfabbau und Emder Schiffer kamen, um den begehrten schwarzen Brennstoff in die Stadt zu bringen. Wie beschwerlich die Arbeit der Kolonisten war und wie langsam die Moorkultivierung voranging, macht folgende Zahl deutlich: Erst im Jahre 1765 – 131 Jahre nach dem ersten Torfstich – waren die 400 „Emder“ Diemat abgegraben. Dennoch ging das „Timler oder das große Fehn“ in die ostfriesische Geschichte ein, denn es war als „das erste und größte Fehn dieser Provinz angelegt worden“, wie Tileman Dothias Wiarda, Sekretär der Ostfriesischen Landschaft, im Jahr 1794 in seiner „Ostfriesischen Geschichte“ berichtete.

Ottermeer

Usch Luhn

Liebestaumel

Dieses bescheuerte Photoshop! Er hätte es besser wissen müssen. Er versuchte seine Enttäuschung nicht zu zeigen und lächelte sie an.

„Hallo!", sagte er. „Schön, dass du da bist." Er räusperte sich und versuchte den Kloß in seinem Hals hinunterzuschlucken. Er überreichte ihr den Strauß gelber Rosen in Plastikverpackung, den er noch auf den letzten Drücker bei Lidl gekauft hatte. Den Preis – ein Sonderangebot, aber die Blumen waren tipptopp – hatte er gerade noch entfernt.

„Wie süß von dir, Enno! Ich freu mich so. Ich konnte es kaum erwarten. Und du siehst noch besser aus als auf dem Foto", jubelte sie und versenkte ihr Gesicht in die duftlosen Discounter-Rosen. Dann fiel sie ihm um den Hals, presste ihren weichen Leib an ihn, als wären sie bereits leidenschaftliche Liebende und küsste ihn mit ihrem roten Mund auf die Wange.

„Oh, wohl doch nicht ganz kussecht! Sorry", lachte sie. Sie rubbelte mit der Hand über seine Wange und verteilte das Rot auf seiner linken Gesichtshälfte. „Dafür wischfest", kicherte sie wie ein Teenager.

Sie steckte den Zeigefinger in ihren Mund und für einen grausamen Augenblick fürchtete Enno, sie würde den Fleck mit ihrer Spucke säubern. Aber sie legte nur den Kopf schief, klimperte mit den Wimpern und sagte neckisch: „Ein bisschen mehr Farbe im Gesicht steht dir. Du bist ein wenig zu blass. Hier oben im Norden kriegt ihr wahrscheinlich nicht so viel Sonne. Bei uns ist das Wetter auch nicht besser. Deshalb habe ich eine Jahreskarte für das Solarium. Wegen dem Vitamin D. Das hilft nicht nur gegen Winter-Depressionen, es ist auch wichtig für die Organe und wird im Körperfett gespeichert." Sie kicherte schon wieder und wackelte kokett mit ihrem dicken Hintern. „Das Fitnessstudio ist für Dauerkunden umsonst."

Enno schluckte wieder. Der Kloß in seinem Hals wuchs zu einem atemraubenden Klumpen an. Er fingerte in seiner Jackentasche hektisch nach dem Asthmaspray. Aber vermutlich lag es noch im Handschuhfach. „Ich stehe da vorne", sagte er eilig und zeigte auf eine Reihe parkender Autos. Er nahm ihr Gepäck.

Sie hieß Melody Hase und war den weiten Weg von Belzig gekommen, um mit ihm das Wochenende zu verbringen. Mit dem Flixbus quer durch die Republik, weil es billiger war. Einmal umsteigen in Berlin am zentralen Omnibusbahnhof, nach Halt in Hannover und Wolfsburg direkt bis Leer. „Stell dir vor. Fast hätte ich den Anschluss verpasst", plapperte sie. „Auf der Stadtautobahn nach Berlin war Stau. Aber ist ja alles gutgegangen. Ich bin hier bei dir ... endlich!" Sie breitete die Arme aus und Enno machte sicherheitshalber einen großen Schritt zur Seite.

Er rempelte einen rauchenden Taxifahrer an. „Verzeihung", stieß er hervor.

Am liebsten hätte er Melody gleich wieder in den nächsten Bus gesteckt und mit dem Vermerk Verfallsdatum abgelaufen zurück in den Osten geschickt. Aber erstens fuhr heute kein Bus mehr nach Berlin und zweitens wagte er das nicht.

Stattdessen mühte er sich damit ab, ihren riesigen Koffer auf die Rückbank seines Volvo Kombi zu hieven. Seit zwanzig Jahren hatte ihm der Volvo nun treue Dienste geleistet, nur der Kofferraum ließ sich seit kurzem nicht mehr öffnen.

Es war der V70 der ersten Generation, mit abgerundeter Front- und Heckpartie, ganzflächig lackierten Stoßstangen und – als besonderes Highlight – weißen Blinkergläsern.

Er hatte damals noch einen Tausender draufgelegt für die elektrisch verstellbaren und beheizten Außenspiegel – und die eierschalenfarbenen Ledersitze; die sahen immer noch wie neu aus und er pflegte sie mit einer speziellen Paste aus Schafwollfett, die er regelmäßig in Australien bestellte.

„Die Schrottlaube hat aber auch schon bessere Jahre gesehen", schwatzte Melody belustigt weiter. „Was ist denn mit dem Kofferraum? Bestimmt festgerostet. Ihr habt hier so ein feuchtes Klima." Sie leckte mit der Zunge über ihre Lippen.

„Aber es passt viel rein in deine Kiste", gab sie zu. „Also jedenfalls theoretisch. In meiner Knutschkugel, so ein Cinquecento, hab ich vom Bausparvertrag gekauft, kriege ich zwei Wasserkästen unter. Dann ist basta."

Enno hielt inne und starrte Melody perplex an. Er liebte seinen V70 mit einer Zärtlichkeit, die ihn insgeheim selber überraschte und die man ihm gar nicht zutraute. Überhaupt mochte er Dinge oft lieber als Menschen, pflegte sie liebevoll und ging behutsam mit ihnen um.

Jedenfalls waren an seinem Volvo Kombi V70, Erstzulassung 5. Januar 1997 mit an Sicherheit grenzender Wahrscheinlichkeit weniger Ersatzteile als an Melody Hase aus Belzig, die auf ihren Zehenspitzen wippend ungeduldig darauf wartete, dass es losging.

Melody. Wer hieß schon Melody, wenn der Nachname Hase lautete. Er schnaubte verächtlich. Ihr Name war vermutlich genauso falsch wie ihre ballonförmigen Brüste, ihre Wimpern und vor allem diese angeklebten weißblonden Haare. Warum machten Frauen so etwas? Die Schweißstellen waren doch deutlich zu erkennen.

Melody erriet seinen Blick. „Extänschens", lachte sie stolz und versuchte gar nicht erst zu verbergen, dass ihre lange Lockenpracht falsch war. „Dreißig Zentimeter lang. Haben achthundert Euro gekostet. Fünf Stunden habe ich beim

Friseur gesessen dafür. Aber hat sich ja gelohnt. Das ist die gleiche Farbe wie von Marilyn Monroe.“ Sie strahlte ihn an. „Die Brüste hat mir aber mein Verflossener spendiert. Die stehen wie ’ne Eins. Auch oben ohne.“

Enno blieb die Luft weg. Achthundert Euro für falsche Haare aus Indien. Dafür bekam er zwei gebrauchte Kofferraumtüren. Im Übrigen bevorzugte er bei Frauen Kurzhaarfrisuren. Das machte sie jünger, mädchenhafter. Er mochte Mädchen mit kleinen Brüsten. Schmale Hüften, flacher Po. Und jung mussten sie sein. Er seufzte tief. Vielleicht war dieses Internet-Dating doch nicht das Richtige für ihn.

Er gab dem Koffer einen Stoß, so dass dieser sich zwischen Rückbank und Vordersitz verkeilte und hielt Melody die Tür auf. „Bitte einsteigen“, sagte er abwesend. Auf jeden Fall würde er sie ficken. Deshalb war sie ja schließlich da. Das hatte sie ihm glasklar zu verstehen gegeben. Und dann konnte man immer noch sehen.

Er schluckte den Kloß hinunter und drehte den Zündschlüssel. Der Motor sprang sofort an. „Wie ’ne Eins“, sagte er strahlend und meinte damit nicht Melodys Brüste.

„Auf ans Meer“, jubelte Melody und rutschte ungeduldig auf dem Beifahrersitz hin und her. Ihre nackten Schenkel quietschten auf dem weichen Leder. Er hätte die Schonbezüge aufziehen sollen.

„Wir fahren zum Ottermeer“, klärte er sie auf. „Es ist schon fast Abend. Zur Nordsee ist es zu weit.“ Das war nicht ganz richtig.

Nach Norddeich waren es in etwa 60 Kilometer, zum Ottermeer in Wiesmoor die Hälfte. Beides also zu schaffen. Aber Melody aus Belzig war mit Sicherheit kein Geographie-Ass. Und das Ottermeer nannte sich ja sogar ‚Meer‘.

In den letzten zwei Jahren hatte er fast ein Dutzend Frauen kennengelernt. Alle wollten sie ans Meer. Das war doch verrückt. Ein Mann, der (beinahe) am Meer wohnte, schien eine magische Wirkung auf Frauen aus allen übrigen Landstrichen Deutschlands auszuüben, und so hatte er nie Schwierigkeiten gehabt, Kontakte zu knüpfen. Leider machten sich Frauen keine Gedanken darüber, was so ein Aufenthalt am Meer im Sommer kostete. Ein halbes Vermögen. Er hieß zwar Enno Meyer, aber mit den Meyers der Papenburger Meyer Werft war er leider nicht verwandt. Als Elektriker auf Frührente kam er gerade so über die Runden.

Das Ottermeer war ein leidlicher Kompromiss. Er hatte als Schüler einmal eine sehr schöne Ferienfreizeit dort verbracht. Die Frau des Pastors hatte kurzes Haar gehabt.

Das Ottermeer war in Wirklichkeit ein künstlich angelegter See im Hochmoor. Das Wasser war brackig, roch modrig und lud nicht unbedingt zum Schwimmen ein. Aber es gab dort einen Zeltplatz und die Frau des Pastors hatte ihm jeden Abend gute Nacht gesagt und dabei seine Hand gehalten.

Ennos Internet-Bekanntschaften wollten lieber nicht im Zelt liegen und auch Enno musste zugeben, dass er es inzwischen unbequem fand. In der Missionarsstellung war das kein Problem, aber er hatte es lieber, wenn die Frauen auf ihm saßen und es ihm besorgten. Seit der zwei Bandscheibenoperationen brauchte er dafür eine gute Matratze.

Er hatte ein Doppelzimmer im Hotel Auerhahn gebucht. Weil er dort schon lange Stammgast war, bekam er auch im Sommer das Balkonzimmer mit Blick auf den See ohne Aufpreis. Niemand fragte nach, wenn er mit unterschiedlichen Frauen auftauchte und er füllte auch nie einen Anmeldezettel aus – schließlich zahlte er immer bar und gab ein großzügiges Trinkgeld.

„Die Wasserrutsche ist 45 Meter lang und vom Moorwasser bekommt man schöne Haut. Wie bei einer Fangopackung“, sagte er.

„Wieso Moor?“, fragte Melody stirnrunzelnd. „Im Meer ist doch Salzwasser.“

Auf diese Frage war Enno bereits vorbereitet. Er fasste ihr zügig mit der rechten Hand zwischen die Beine und begann, ihren Schritt zu erkunden. Das half in der Regel weitere Fragen abzuwehren, bis sie das Ottermeer erreichten.

Ennos Rechnung ging auf. Und während Melody stöhnte und keuchte, konzentrierte sich Enno auf die Fahrbahn. Es war lebhafter Verkehr und er wollte keinen Unfall riskieren. Er dachte an das Mädchen mit den dunklen Augen und dem frechen Kurzhaarschnitt, das ihm schon länger nicht aus dem Kopf ging. Das Mädchen war Lehrling bei Lidl und die Art, wie sie 1,99 gelispelt hatte, als er sie nach dem Preis der Treibhaus-Rosen gefragt hatte, hatte ihm eine wohlige Gänsehaut beschert. Er stellte sich vor, wie ihre blassroten Lippen seine Wange berührten, und als Melody vor Lust laut aufschrie, fantasierte er sich das Lidl-Mädchen auf den Beifahrersitz und bekam eine heftige Erektion. Wie die anderen Frauen wusste Melody, was sie ihm schuldig war. Sie machte sich sogleich daran, seine Hose zu öffnen und ihn während der Fahrt zu befriedigen.

Auf seiner privaten Skala von null bis zehn gab er ihr eine gute Fünf mit Tendenz nach oben. Gerade als er auf den Parkplatz zum Hotel abbog, kam er.

Bisher lief also alles nach Plan.

Der Koffer klemmte, rührte sich keinen Millimeter und Enno spürte seinen Rücken. Also checkten sie erst einmal ein und gingen in das Restaurant des Hotels. Denn Melody hatte Hunger. Auch das kannte er schon von früheren Stelldicheins. Damit der Abend nicht zu teuer wurde, hatte er an der Tankstelle, während er den Volvo waschen ließ, einen Fertigsalat mit Kidneybohnen und Thunfisch gegessen.

„Ich hab gar keinen Appetit, aber ich kann dir den Küstenteller à la Auerhahn empfehlen“, schlug er vor.

Melody schüttelte den Kopf. „Ich mag nur Fischstäbchen von Käpt'n Iglo", gestand sie in Kleinkinderton. „Ich möchte Fleisch." Sie bestellte sich ein Rumpsteak, schön blutig, mit Pommes frites, Zwiebelringen und ohne den Beilagensalat. „Rohkost am Abend ist ungesund", erklärte sie. „Aber im Fleisch ist viel Kalium und Calcium und das ist wichtig für den Vitaminhaushalt."

Enno versuchte nicht hinzusehen, als Melody das blutige Fleisch zermetzelte und spülte den Ekel mit südafrikanischem Weißwein hinunter.

Er schaute an ihr vorbei aus dem Fenster hinunter zum Ufer des Ottermeers. Eine Gruppe junger Leute trieb sich dort herum, vermutlich eine Ferienfreizeit. Sie spielten Volleyball und ein sehr schlankes Mädchen mit kurzer Fransenfrisur, das sich mit der Anmut einer Gazelle bewegte, weckte sein Interesse. Schließlich war das Spiel zu Ende, die Freunde klatschten ab und begannen den Feuerkorb mit Brennholz zu füllen.

„Satt", sagte Melody. Sie verspeiste die allerletzten Pommes frites und rülpste leise. Erst jetzt bemerkte sie, dass Enno wie gebannt aus dem Fenster starrte, während er an seinem Weinglas nippte. „Erde an Enno, bitte melden! Was gibt's da unten denn so Spannendes?" Ein kleiner verstimmter Unterton mischte sich in ihre Stimmfarbe.

Enno zuckte zusammen. „Entschuldige. Was hast du gesagt?" Er nahm ihre Hand und küsste ihre Fingerspitzen. Sie rochen nach Samen. Enno ließ ihre Hand abrupt los und trank einen tiefen Schluck.

„Ich bin pappsatt. Und jetzt? Als erstes holen wir den Koffer aus dem Oldie, oder?", wiederholte Melody.

Enno befahl sich zu lächeln. „Ja natürlich, der Koffer. Aber vielleicht machen wir vorher einen Abendspaziergang und ich zeige dir die Rutsche. Das ist wirklich die längste Wasserrutsche in der Region. Es gab sogar mal einen Bericht in richt in der Zeitschrift GEO darüber. Außerdem zünden die dort gerade ein gemütliches Lagerfeuer an."

Er rief den Kellner und beglich die Rechnung. „Den Wein nehmen wir aber mit", bestimmte Melody und schnappte die Weinflasche, die der Kellner abräumen wollte. „Da ist noch ein ganzes Glas drin." Sie stopfte den Korken, der noch auf dem Tisch lag, zurück in den Flaschenhals und gab Enno die Flasche in die Hand.

„Ich stelle sie erstmal in den Wagen oder willst du jetzt Wein trinken?", fragte er.

Melody schüttelte den Kopf und hakte sich bei Enno unter. „Später vielleicht, im Bett", antwortete sie und rieb ihren Kopf an seiner Brust.

Als sie am Ufer des Ottermeers ankamen, brannte das Holz im Feuerkorb bereits und die jungen Leute hielten Marshmallow-Spieße in die hohen Flammen.

Das Gazellenmädchen nickte ihnen zu, als sie stehenblieben. „Wollt ihr auch was abhaben?", rief sie. „Ist genug da."

Enno sah in ihre dunklen Augen und ihm wurde sehr heiß. „Gerne", sagte er und räusperte sich. Er konnte den Blick nicht von ihr wenden.

Das Gazellenmädchen hielt ihm zwei Spieße hin. „In das Feuer halten und warten, bis es richtig brutzelt", erklärte sie.

„Gesund ist das aber nicht, so direkt über dem Feuer", warf Melody ein.

„Auch nicht ungesünder als gegrilltes Fleisch", widersprach Enno heftiger als nötig. „Und viele andere Dinge, die wir täglich in uns hineinstopfen."

Melody zog die rechte Augenbraue hoch. „Okay", sagte sie langgezogen. „Ist aber meine Meinung."

„Die gerade niemand hören will", beendete Enno das Streitgespräch.

Das Gazellenmädchen lachte. „Hey, Leute, entspannt euch. Ist doch nur ein bisschen fun, das Ganze. Esst es oder lasst es. Wie ihr Bock habt."

Enno nickte heftig. „Hörst du, Melody? Genau."

Er strahlte das Gazellenmädchen an und musste sich gar nicht dabei anstrengen. Sie war so wunderschön; wenn er sie ansah, konnte er gar nicht anders als strahlen.

„Vielen Dank, ich nehme gerne beide. Ich heiße übrigens Enno. Enno Meyer." Er nahm beide Spieße und hielt sie über das Feuer.

Das Mädchen nickte. „Cool. Ich heiße Annette. Wir sind hier auf Freizeit."

Enno starrte sie verzückt an. „Annette? Ein wunderschöner Name."

Das Mädchen lachte. „Finde ich auch. Meine Oma hieß so." Sie wandte sich wieder ihren Freunden zu.

Annette, dachte Enno. Dieses zauberhafte Wesen hieß Annette. Nicht Melody oder Beverly oder Chantal. Einfach nur Annette. Auf einem Kalenderblatt hatte er einmal gelesen, was dieser Name bedeutete und es nie wieder vergessen. Annette – die Anmutige, die Grazile. Kein Name passte besser zu diesem Gazellenmädchen.

Melody stieß ihn in die Seite. „Krieg dich wieder ein, Enno. Glaubst du, dass sich so ein Hüpfer für einen alten Sack wie dich interessiert?" Sie lachte wiehernd mit aufgerissenem Mund, so dass Enno das wippende Zäpfchen in ihrer Kehle sehen konnte. Ihm wurde erneut sehr heiß. Aber dieses Mal spürte er den dringenden Wunsch, dieses Lachen für immer zum Verstummen zu bringen.

„Na komm, Enno. Sei kein Trauerkloß. Los, zeig mir schon eure Wunderrutsche."

Sie zog ihn von dem Lagerfeuer fort. „Tschüss", rief er Annette zu. „Bis später."

Das Gazellenmädchen hörte ihn nicht. Sie zog mit geschlossenen Augen an einem Joint, der gerade die Runde machte. Enno schaute sie sehnsüchtig an.

Melody lachte schon wieder. „Willst du auch mal nuckeln oder warum guckst du wie ein waidwunder Hirsch?"

Enno antwortete nicht. Diese Frau war wirklich ein Reinfall. Und wenn er es sich recht überlegte, war ihr Blowjob auch keine Fünf plus gewesen. Eher eine Vier minus, schließlich hatte ihn seine eigene Fantasie deutlich mehr beflügelt als ihre Handarbeit. Er beschloss, beim nächsten Mal ohne Begleitung an das Ottermeer zu fahren. Vielleicht hatte er alleine mehr Glück in der Liebe.

„Das ist also die sensationelle Rutsche", grätschte Melody in seine Gedanken. „Komm, wir klettern hoch." Bevor er sie daran hindern konnte, war sie über die Leiter bis nach oben gestiegen und er folgte ihr schnaufend. Nicht weil es ihm Spaß machte, sondern weil er plötzlich eine ziemlich verwegene Idee hatte.

Es war inzwischen stockdunkel und der Startpunkt der Rutsche befand sich einige Meter über dem Erdboden. Zwar glitt man 45 Meter lang recht sanft durch die glitschige Röhre, bis man in das trübe Seewasser plumpste, aber wenn man nicht vorsichtig war, konnte man genauso gut noch vor dem Losrutschen rückwärts abstürzen, auf die Steinplatten fallen und sich tödlich verletzen. Ein grausamer und besonders tragischer Unfall. Enno würde nicht einmal wissen, wen er in Belzig über Melodys plötzlichen Tod informieren sollte. Aber so etwas erledigte zuverlässig die örtliche Polizei.

„Da bist du ja endlich", sagte Melody. „Lustig hier oben. Ich würde ja gerne runterrutschen, aber ich weiß nicht, ob ich mich das traue, so im Dunkeln."

„Wir könnten zusammen rutschen, runter müssen wir ja sowieso", sagte Enno und seine Stimme klang so zärtlich wie noch nie an diesem Tag.

Melody schaute ihn überrascht an. „Im Ernst? Du willst rutschen? Hätte ich dir gar nicht zugetraut. Lass uns noch einen Moment Luft schnappen hier oben. Kann ja sein, dass ich spinne. Aber ich rieche das Meer, auch wenn hier nur das Moor ist.“ Sie atmete tief ein.

Enno sah hinüber zum Lagerfeuer. Es war fast erloschen. Nur ein paar Funken tanzten durch den Nachthimmel. Das Gazellenmädchen und seine Freunde waren in ihre Zelte verschwunden.

Enno packte Melody und zog sie an sich. „Wir könnten hier oben ficken“, flüsterte er. Er presste seinen Körper an sie und schob sie Richtung Leitersprossen. Gerade als er ausholte, um ihr den entscheidenden Stoß zu versetzen, der sie nach unten katapultieren würde, spürte er einen stechenden Schmerz im Rücken. Er erstarrte mitten in der Bewegung und schnappte nach Luft.

„Nee, oder?“, sagte Melody überrascht. „Das ist nicht dein Ernst, oder?“

Mit einer Wendigkeit, die er ihr gar nicht zugetraut hätte, wand sie sich aus seinem Arm und versetzte ihm einen harten Schlag. Enno machte einen Schritt nach hinten und verlor das Gleichgewicht. Er strauchelte und ruderte heftig mit den Armen. Im letzten Moment griff er nach ihr, aber sie trat einfach zur Seite.

Enno war so überrascht, dass er nicht einmal schrie. Sein Rücken prallte dumpf auf den Steinplatten auf. Aus einer Wunde am Hinterkopf schoss eine große Menge Blut. Enno Meyer verlor augenblicklich das Bewusstsein und kurz darauf sein Leben.

„Ups“, sagte Melody und es klang ehrlich verwundert. Sie horchte einen Moment in die Stille und dann rutschte sie 45 Meter lang in die schwarze Tiefe. Das moorige Wasser fühlte sich gut an auf ihrer Haut. Erfrischt stieg sie aus dem See, nur das Laufen in der nassen Kleidung fiel ihr schwer.

Sie beugte sich über Ennos leblosen Körper und zog Autoschlüssel und Portemonnaie aus seiner Jackentasche.

Ihr Koffer war noch im Volvo. Sie hievte ihn auf den Rücksitz und zog sich trockene Sachen an. Dann setzte sie sich ans Steuer und drehte den Zündschlüssel. Er sprang ohne Probleme an. Zur Nordsee war es nicht mehr weit. Das hatte sie zuhause auf der Landkarte gesehen. Sie würde im Wagen schlafen und auf den Sonnenaufgang warten. Und dann an den Strand gehen und im salzigen Meer schwimmen. So wie sie es von Anfang an geplant hatte. Wer brauchte dazu schon einen Mann.

Ottermeer

Landkreis Aurich

Wiesmoor ist Ostfrieslands jüngste und an der Zahl der Einwohner gerechnet zweitkleinste Stadt. Der Luftkurort im südöstlichsten Zipfel des Landkreises Aurich ist für seine Blumenaufzucht bekannt und feiert deshalb ein Mal im Jahr traditionell ein mehrtägiges Blütenfest; Wahrzeichen des Ortes ist die „Blumenhalle“.

Wo sich heute die Stadt Wiesmoor erstreckt, dehnte sich noch zu Beginn des 20. Jahrhunderts das Moor auf einer Fläche von 100 Quadratkilometern aus. Zu diesem Areal

Das Ottermeer bei Wiesmoor ist künstlich angelegt worden. Im Sommer wird das 13 Hektar große Gewässer von Einheimischen und Touristen als Badesee genutzt.

gehörte auch das im Landschaftsschutzgebiet befindliche Ottermeer, ein Moorsee, der mit der Zeit verlandete. In den 1970er-Jahren entstand beim Torfabbau ein neues Gewässer, das dann 1977 den Namen „Ottermeer" bekam. Der künstliche Hochmoorsee dient seither als Naherholungsgebiet und „Moorstrandbad".

Das Gewässer dehnt sich auf rund 13 Hektar aus, weist eine Länge von 770 Metern auf und ist etwa zwei Meter tief. Das Wasser ist trüb-braun, denn der See, der auch als

Das Wasser des Ottermeeres hat eine trüb-braune Färbung, da es inmitten einer Regenmoorlandschaft liegt.

Revier für Angler ausgewiesen ist, liegt inmitten einer Regenmoorlandschaft. Somit findet man entlang seiner Ufer auch typische Moorpflanzen wie Knabenkraut, Besenheide, Wollgras oder Wasserschwertlilien.

Das Ottermeer bietet – als Freizeitvergnügen für Touristen und Einheimische gleichermaßen – einen Sandstrand, eine 45 Meter lange Rutsche und kann auf einem 2,3 Kilometer langen Rundweg umwandert werden. In der Saison werden im kleinen Bootshafen Tretboote und Kajaks vermietet, auch das Surfen ist auf dem Ottermeer erlaubt. Im Jahr 2001 wurde das touristische Angebot von Wiesmoor am Nordufer des Moorfreibads um einen Campingplatz samt Bungalowpark erweitert – und mit fünf Sternen ausgezeichnet.

Lengener Meer

Andreas Scheepker

Moorauge

Isabella hatte keine Ahnung, warum Robert und Jürn so grinsten, als sie aus dem Auto stieg. Wie immer hatte während ihres Urlaubs Isabellas eiserne Regel gegolten: keine Anrufe, keine SMS, keine Mails über Berufliches. Sonst hätte sie die ersten zwei Jahre als Leiterin der Außenstelle des archäologischen Instituts vermutlich nicht überlebt.

‚Lengener Meer' – danach hatte sie heute früh schon gegoogelt, bevor sie sich auf den Weg nach Ostfriesland machte. Fast kreisrund war das kleine Gewässer, einer der beiden Hochmoorseen, die es in Ostfriesland noch gab. Die Landschaft rund um den See wurde seit einigen Jahren wieder zur Natur zurückgeführt.

Vor ein paar Wochen hatte ein Mitarbeiter des Niedersächsischen Landesamtes in der Nähe des Lengener Meeres zwei große Keramikscherben gefunden. Inzwischen hatte man sie als Teil eines großen Kruges aus der Zeit des Augustus identifiziert. Nun suchte ihr Team seit einer Woche nach weiteren Siedlungsspuren. Vielleicht hatte dort am Rand des Hochmoores in der Frühzeit eine Siedlung bestanden. Immerhin waren in der Region schon Reste bronzezeitlicher Bohlenwege, die durch das Moor führten, entdeckt worden. Im Zweiten Weltkrieg hatte man einige Kilometer entfernt beim Torfgraben in der Nähe von Westerstede sogar eine Moorleiche gefunden. Der sogenannte ‚Mann aus Neuengland' wurde heute in Oldenburg ausgestellt.

„Was ist los, Jürn?", fragte Isabella. Sie bemühte sich, ihre Ungeduld nicht zu zeigen. Vermutlich hatte das Team einen wirklich interessanten Fund gemacht. Typisch. Nun war sie zwei Wochen nicht dagewesen, und schon hatten Robert und Jürn etwas ausgegraben. Vielleicht noch ein paar Scherben, die eigentlich nicht hierhergehörten und die neu über Handwerk und Handel vor zweitausend Jahren nachdenken ließen. Oder Schmuck, der alle zum Staunen brachte?

„Jürn?", fragte Isabella noch einmal.

Jürn blinzelte ihr mit seinen sanften Augen zu und legte den Zeigefinger auf seine Lippen. „Pssst. Ich will dir nicht die Entdeckerfreude nehmen. Du wirst gleich staunen, was wir ausgegraben haben. Mach dich auf etwas gefasst."

Seit Isabella die kleine archäologische Forschungsstelle leitete, hatten sie nur wenig sensationelle Funde gemacht. Das war eigentlich das Normale bei dieser Arbeit. Aber ein kleines Glanzlicht konnte nicht schaden. Ein Fund von Münzen aus römischer Zeit wäre zum Beispiel nicht nur ein willkommenes Puzzleteil im Bild, das man sich von den Aktivitäten der Römer in Norddeutschland machen wollte, sondern würde Isabella auch helfen, Sponsoren zu gewinnen und Drittmittel einzuwerben.

Robert drängte Jürn beiseite. „Jetzt mach dich mal nicht so wichtig mit deiner Geheimnistuerei. Eine echte Moorleiche haben wir gefunden. Gestern Abend. Durch Zufall. Jürn hat gar nicht gepeilt, was er da gefunden hatte. Ich hab es natürlich gleich gemerkt. Ein Mann im Moor. Das ist der Hammer. Es ist jetzt alles so abgesichert, dass wir da professionell rankönnen. Ich hab schon Professor Möller angerufen. Der Chef ist mit seiner Mannschaft hierher unterwegs. Ich hab auch schon einen Namen für meinen Kumpel im Moor. ‚Robert Moorauge'. Was denkst du? Macht sich doch gut auf der Titelseite."

„Moment, Moment, Moment", unterbrach ihn Isabella. „Ich muss das jetzt erst einmal sortieren." Sie schloss für einen Moment die Augen. Dann sah sie Robert direkt an. „Robert, ich will, dass hier nichts rausgeht. Verstanden? Ich will mir das in Ruhe angucken. Und wenn Möller mit seiner Mannschaft kommt, dann sehen wir die Dinge klarer und dann wird entschieden, wie es weitergeht. Wir können hier keine Zuschauer gebrauchen. Und ich will auch nicht, dass alle Hobby-Archäologen aus der Gegend hier nach Andenken für ihre Vitrine graben. Ist das klar?"

„Ja", antwortete Robert. „Aber eine seriöse Zeitung oder eine Fachzeitschrift …"

„Verstehen wir uns?", fragte Isabella ihn eindringlich.

Robert machte eine wegwerfende Handbewegung und drehte sich um.

„Komm, Isabella", sagte Jürn mit den sanften Augen. „Bevor Möller und seine Leute hier gleich aufschlagen, solltest du dir alles in Ruhe ansehen."

„Wer hat die Moorleiche gefunden? Robert oder du?", wollte Isabella wissen.

„Ich habe sie entdeckt und habe angefangen, etwas vorsichtig freizulegen", sagte Jürn leise. „Und dann hat Robert gemerkt, dass ich etwas entdeckt habe. Gestern Abend hat er zu den anderen gesagt, dass wir beide die Moorleiche gefunden haben, und seit heute Morgen heißt sie ‚Robert Moorauge'. Naja, was soll's?"

„Jürn!"

„Ach, lass doch", sagte Jürn. „Es tut ihm gut, und ich brauche das nicht."

„Jürn, du musst auch mal weiterdenken. Du willst doch nicht dein ganzes Leben als wissenschaftlicher Zuarbeiter verbringen. Ich habe deinen letzten Aufsatz gelesen. Das ist hervorragende Arbeit. Und Möller hat auch eine gute Meinung von dir."

„Mag sein, aber Robert ist nun mal sein Schützling. Und das wird auch so bleiben."

„Willst du wirklich, dass aus deinem sensationellen Fund ‚Robert Moorauge' wird? Jürn, das ist eine große Geschichte.

Deine Geschichte! Du musst das veröffentlichen. Es ist dein nächster Schritt. Lass dir das nicht wegnehmen. Bitte."

Jürn sah Isabella ein bisschen traurig an, und die Traurigkeit wurde noch melancholischer durch seinen sanften Blick. „Ich glaube, ich bin nicht besonders ehrgeizig, Isabella. Ich bin glücklich mit meiner Arbeit."

„Wird das nun langsam was mit euch beiden?" Robert schaute die beiden grimmig an. Er war schon vorausgelaufen und kam nun wieder zurück. Er mochte es nicht, wenn die beiden die Köpfe zusammensteckten. Auch wenn Jürn zuerst etwas gefunden hatte, so war er doch derjenige gewesen, der sofort erkannt hatte, um was für einen Sensationsfund es sich handelte.

Über der Ausgrabungsstelle hatte man ein Zelt errichtet. Robert schob Isabella an die Fundstelle. Dort lag ein tiefbraunes Bündel, ein zusammengekrümmtes Wesen aus einer längst vergangenen Zeit.

Als Ibo kam, warteten die anderen schon. Ibo hatte zuerst seine Kuh wieder einfangen müssen. Sie hatte sich ein ganzes Stück von der armseligen Siedlung aus niedrigen Hütten entfernt. Jemand musste das Gatter geöffnet haben. Aber wer sollte so etwas tun?

Die Stimmung in der Dorfgemeinschaft war gedrückt. Sie hatten gewusst, dass dieser Abend und dieser Morgen kommen würden, aber niemand wollte darüber sprechen. Schon im zweiten Jahr war die Ernte schlecht ausgefallen. Im letzten Jahr war der Frost nach den ersten warmen Wochen zurückgekehrt und hatte die aufgekeimte Saat zerstört. In diesem Jahr war der Regen ausgeblieben und hatte für eine kümmerliche Ernte gesorgt. Und nun war die vierte Kuh des Dorfes verendet. Schon bald würden die dunklen Tage kommen. Die Kälte würde kommen. Der Hunger würde kommen. Es musste etwas geschehen.

Ibos Vetter Wit sprach. Er konnte die Zeichen der Götter lesen. Er konnte den Göttern geben, was sie forderten. Und die Götter würden den Menschen geben, was sie brauchten. Gabe für Gabe, Leben für Leben.

Ibo machte sich nicht viel aus den Göttern. Und er hatte das Gefühl, dass die Götter sich auch nicht viel aus den Menschen machten. Ernten waren gut oder schlecht. Der Frühlingsregen kam über die, die große Opfer brachten und über die, die geringe Opfer brachten. Und die Kälte und der Hunger kamen auch über beide.

Als Ibo noch klein war, hatten sie einen Gefangenen im Moor getötet. Er gehörte zu den Fremden, die das Dorf überfallen hatten. Die Fremden hatten zwei Frauen getötet, die nicht rechtzeitig ins Moor entkommen konnten. Und den alten Wig, der nicht mehr auf die Jagd konnte und sich ihnen tapfer in den Weg gestellt hatte, hatten sie auch erschlagen. Plötzlich waren die Männer aus dem Dorf wieder da. Die Jagd war schon nach kurzer Zeit erfolgreich gewesen, und so kehrten sie früher zurück. Sie überraschten die Räuber. Die Männer aus dem Dorf töteten vier von ihnen. Der fünfte konnte fliehen. Nach zwei Tagen kamen die Männer, die ihn gejagt hatten, mit ihrem Gefangenen zurück.

Der Gefangene verstand nicht ihre Sprache, und sie verstanden ihn nicht. Aber dass er sterben musste, das wussten alle. Das verstand auch er. Als Ibos Vater ihn bewachte, gab der Gefangene ihm eine Münze. Ibos Vater hatte schon einmal Münzen gesehen. Die Fremden mit ihren Schiffen handelten untereinander damit. Aber hier im Dorf konnte man damit nichts anfangen. Später umwickelte er sie mit einer Lederschnur und knotete sie fest. Er gab sie Ibo, und der trug sie fortan immer um den Hals.

Der Gefangene wurde zusammen mit den Opfertieren im Moor getötet. Ibo hatte nicht mitgehen dürfen. In der Nähe des großen braunen Wassers wurden sie geopfert, beim Moorauge, in dem die Menschen die Götter und die Götter die Menschen sehen konnten. Gabe für Gabe, Leben für Leben.

Das war viele Jahre her. Jetzt gab es keinen Gefangenen. Würde jemand aus dem Dorf Leben für Leben geben wollen? Ibo entdeckte Ail dort hinten. Ail, die ihn so anblickte, dass er ihr Gesicht im Traum sah, und die ihn manchmal flüchtig berührte, und er konnte ihre Berührung noch Tage später fühlen. Ail, die von ihrem Vater seinem Vetter Wit versprochen war.

Jetzt erst bemerkte Ibo, dass Wit abwechselnd ihn und Ail ansah. Sein Blick war finster. Ibo wusste, dass Wit ihn und Ail schon lange beobachtete.

Zuerst hatte Wit angefangen, ihn zu beobachten, seit Ibo zum Mann geworden war. Wit hatte Ibos geschickte Hände beobachtet, die Werkzeuge schaffen, Häuser bauen und Tiere jagen konnten. Er hatte beobachtet, wie hart und ausdauernd Ibo arbeiten und wie schnell und behände er sich bewegen konnte.

Und dann hatte Wit angefangen, Ail anzusehen. Wit war ein wohlhabender Mann. Er hatte von seinem Vater Land und Vieh geerbt. Er konnte Ail ein sicheres Zuhause bieten und für sie sorgen.

Jetzt sprach der Älteste. Er redete mit heiserer Stimme von der Ernte, die nur kümmerlich mehr gewesen war als die Aussaat. Er sprach von der Kälte, die in diesem Jahr schon so früh zu ihnen kam und davon, dass die Tiere, die sie jagen konnten, seit Jahren immer weniger wurden.

Die Gemeinschaft musste einen Boten zu den Göttern senden. Einer von ihnen würde sich auf die Reise machen. Mit dem Besten würde man ihn kleiden, damit die Götter ihren Respekt erkennen würden. Mit dem Kärgsten würde man ihn speisen, damit die Götter ihre Not verstehen konnten.

Ibo sah Ails sorgenvolles Gesicht, mit dem sie ihn anschaute. Sie musste sich nicht sorgen, dachte Ibo. Eine Frau hatte man noch nie zum Moorauge geschickt, nicht bei ihnen und nicht in den anderen Siedlungen. Da erst bemerkte Ibo, dass alle ihn anstarrten. Wit saß nicht mehr auf seinem Platz. Als sich eine schwere Hand auf seine Schulter legte, wusste Ibo, dass er hinter ihm stand.

„Gabe für Gabe", sagte Wit.

Die anderen antworteten: „Leben für Leben."

‚Jammervoll' – dieses altertümliche Wort war das erste, was Isabella in den Sinn kam, als sie das kleine Bündel Mensch vor sich sah. Ihre Mitarbeiter hatten gute Arbeit geleistet. Sie hatten die Moorleiche behutsam soweit freigelegt und gereinigt, wie es möglich war, ohne ihre Position zu verändern. Und sie hatten den Fundort gesichert, so dass nichts kaputtging, was man vielleicht im Umfeld bergen konnte.

Isabella hatte schon genügend Moorleichen gesehen, um zu verstehen, wen sie hier vor sich hatten. Auch wenn die Leiche nur grob gereinigt worden war, um nichts zu beschädigen, waren die aufgeschnittene Kehle und die Lederschlinge um den Hals deutlich zu erkennen. Die Kleidung schien in einem guten Erhaltungszustand zu sein. Für alles Weitere brauchten sie Professor Möller und seine Fachleute mit ihrer Technik.

Gedankenübertragung. In diesem Moment brummte Isabellas Handy. Möllers Nummer erschien im Display. „Heiko?", fragte sie und stellte den Ton laut, um ihn besser verstehen zu können.

„Isabella, wir stehen hier im Stau bei Osnabrück. Kann noch ein bisschen dauern."

„Die Leiche ist sicher schon über tausend Jahre hier. Da kommt es auf eine Stunde bestimmt nicht an."

Möller lachte. „Ja, unsere zeitlichen Dimensionen sind da wohl ein bisschen anders. Du, Isabella, ich bitte dich …"

„Heiko."

„Ja, schon gut. Ich mein ja nur."

„Heiko, wir werden die Leiche und den Fundort noch sorgfältiger behandeln, als gäbe es einen Mord aufzuklären. Nichts anfassen, nichts verändern."

„Ja, tut mir leid. Du kennst mich ja. Hätte ich übrigens gar nicht gedacht, dass Robert noch einmal so einen Schatz findet. Daraus kann er richtig etwas machen. Da bekommt er unsere volle Unterstützung."

„Robert? Hat Robert dir gesagt, dass er die Moorleiche gefunden hat?"

„Du, die Autoschlange bewegt sich wieder. Ich mach Schluss. Bis nachher."

Jürn hatte mitgehört und sah Isabella fassungslos an. Robert stand etwas abseits und telefonierte mit seinem Handy. Er bemühte sich lautstark, jemandem deutlich zu machen, dass etwas jetzt doch nicht gehe.

In der großen Hütte brannte das Feuer. Ibo kauerte dicht bei der Feuerstelle. Es war eine kalte Nacht. Bald würde der Morgen grauen. Ibo war wie gelähmt. Er konnte nicht weglaufen. Der Tod würde ihn einholen.

Vielleicht würde er morgen nur der Erste sein und die anderen würden ihm in den kommenden Wochen und Monden folgen, nach und nach, nur viel langsamer durch Hunger und Kälte.

Vor sich hatte Ibo die hölzerne Schale mit dem kärglichen Brei aus Getreideschrot, Spelzen und Sand. Das, was er essen sollte, war der Hinweis auf ihre Not und die Bitte an die Götter. Und er selber war der Bote und die Gabe. Gabe für Gabe, Leben für Leben. Würden sie diese Gabe annehmen? Wollten sie die Botschaft überhaupt hören?

Wit trat ein. Er rückte den Schemel an das Feuer und setzte sich. Er schwieg eine Weile und sah auf den Boden. Dann sah er seinen Vetter an und sagte: „Ich werde für Ail ein guter Mann sein. Bei mir findet sie Schutz und Essen."

Ibo antwortete nicht. Wit blieb noch einen Moment schweigend sitzen, dann erhob er sich. Blitzschnell fasste er Ibo an den Hals und zog ihm das Lederband mit der Münze über den Kopf weg. Ibo ließ es willenlos mit sich geschehen. Wit hängte sich selbst das Band um.

Als er sich umdrehte, um die Hütte zu verlassen, stand Ail im Eingang. Sie hielt einen großen Tonbecher mit beiden Händen. Aus dem Becher stieg Dampf auf.

Ail reichte Ibo den Becher. Der schwere süße Duft der heißen Flüssigkeit erfüllte den Raum. Zaghaft legte Ibo seine Hände an den Becher und berührte ihre Finger. Als er trinken wollte, sahen ihre Augen ihn flehentlich an und fast unmerklich zog sie das Gefäß ein kleines Stück von seinem Mund weg, bevor er trinken konnte. Ibo schüttelte den Kopf.

Ail drehte sich mit dem Becher in beiden Händen von ihm weg. Wits Hände griffen nach dem Gefäß. Er trank einen Schluck von der heißen Flüssigkeit. Wo mochte Ail diesen Met aufbewahrt haben? Vielleicht war es der letzte für eine lange Zeit.

Er trank weiter. Honigsüß und würzig war der Inhalt des Bechers. Wit setzte ihn nicht eher ab, bis er leer war. Wärme und Leben breiteten sich in ihm aus. Auf einmal musste er sich setzen. Es war, als würden Helles und Dunkles, Kälte und Wärme, Stille und Lärm um ihn kreisen, und dann war es plötzlich still und dunkel.

Kurze Zeit später kamen vier Männer. Sie hatten einen Speer, eine Keule, eine lange, geflochtene Lederschnur und ein scharfes Messer dabei. Die vier fanden Wit zusammengesunken auf dem Schemel. Er war in einen schweren Wollumhang gehüllt. Ail stand neben ihm.

Mit müdem Blick sah Wit die Männer an. Als er sprechen wollte, konnte er nur unverständliche Laute ausstoßen. Speichel lief aus seinem Mund. Er zitterte.

Ail nahm die leer gegessene Schüssel vom Tisch. Sie sah die vier Männer an und deutete auf Wit. „Wit wird unser Bote sein. Wit hat hier mit den Göttern gesprochen. Er wird auch dort mit ihnen sprechen. Er kann es."

Die vier Männer nickten stumm. Wit versuchte etwas zu sagen, aber die vier hörten nur Gestammel.

„Leben für Leben", sagte Ail, und es hörte sich an wie eine Antwort auf Wits verschwommenes Lallen.

„Leben für Leben", bestätigten die vier Männer. Sie mussten Wit aufhelfen. Zu beiden Seiten mussten sie ihn stützen, damit er stolpernd mit ihnen gehen konnte. Lange brauchten sie bis zum Ufer vom Moorauge.

Fast zärtlich legte einer der vier mit der linken Hand die lange Lederschlinge um Wits Hals und hielt die Enden fest in seiner Rechten. Neben Wit stand der Mann mit der Keule. Der mit dem Speer ging einen großen Schritt zur Seite. Der mit dem Messer führte Wit an die Uferkante.

Es war wieder ganz still. Behutsam beugte er Wit über die ruhige Wasserfläche. Wit sah die Götter, die Götter sahen ihn.

„Eine Hinrichtung", stellte Robert fest, als er den klaffenden Riss in der Kehle und das zugeschnürte geflochtene Lederband um den Hals der Moorleiche sah. „Hier haben sie einen Verbrecher bestraft."

„Ein Opfer", stellte Jürn fest. Isabella nickte. Ein Botschafter für die Götterwelt, eine kostbare Gabe für gutes Wetter und eine ausreichende Ernte.

Robert hörte gar nicht hin. Er zog sein Handy aus der Tasche und machte Fotos. „Jetzt haben wir das beste Tageslicht", stellte er fest. „So frisch sehen wir den bestimmt nicht wieder."

„Für wen machst du die Fotos?", grummelte Jürn.

„Das ist meine Sache", antwortete Robert.

„Das ist meine Leiche", entgegnete Jürn.

„Das ist die Leiche unseres Instituts", entgegnete Isabella scharf. „Unsere Regel ist, dass hier keiner private Fotos macht. Uwe hat mit unserer Kamera alles dokumentiert. Und sonst geht hier nichts. Ist das klar?"

„Möller hat mir den Auftrag gegeben, den Bericht zu schreiben und nachher alles zu veröffentlichen. Darum ist es auch meine Leiche. Und ich will in meiner Veröffentlichung auch Bilder davon, wie ich die Leiche gefunden habe und wie wir hier alles klarmachen."

„Du hast dir nur den blöden Namen für ihn ausgedacht", stellte Jürn fest. „Bei der Auffindung unserer Moorleiche und bei der ganzen Arbeit hast du gar nichts gemacht, Robert. Während wir hier beschäftigt waren, hast du dich nur wichtig gemacht, hast fotografiert und in der Gegend herumtelefoniert. Und du hast hinter meinem Rücken alles mit Möller eingefädelt. Das ist das einzige, was du hier klargemacht hast."

Roberts Gesichtsfarbe hatte inzwischen die seines dunkelroten T-Shirts angenommen. „Ich lass mich von dir hier nicht rauskicken. Wir werden ja sehen, wer hier am längeren Hebel sitzt. Ich geh erst mal 'ne Runde um das Moorauge. Vielleicht habt ihr euch ja wieder beruhigt, wenn ich zurück bin."

„Robert, ich will nicht, dass du die Fotos von unserer Arbeit hier wild in der Gegend herumpostest."

Robert macht eine wegwerfende Handbewegung. Dann wandte er sich ab und ging in Richtung Moor.

„Das ist da hinten nicht ungefährlich", rief Uwe ihm hinterher, während er die Fotos in seiner neuen Spezialkamera checkte. „Da saß ich gestern fast bis zum Hintern im Moor. Pass auf, dass in tausend Jahren unsere Nachfolger nicht dich hier ausgraben!"

„Ihr könnt mich mal! Alle zusammen", rief Robert, ohne sich umzudrehen.

Schweigend setzten die anderen die Arbeit fort und beugten sich über den Toten.

„Ob er sich freiwillig für die anderen geopfert hat?“, fragte Jürn. Vorsichtig holte er mit der Pinzette ein zweites ledernes Band hervor, in das etwas eingewickelt war.

Jürn goss etwas Wasser darauf. Eine Münze? „Auf jeden Fall haben die anderen sein Opfer geachtet und ihn mit Schmuck und den besten Kleidern ausgestattet. Ein schwerer Wollumhang muss das einmal gewesen sein, erstaunlich gut erhalten. Ich bin mal gespannt, was Professor Möller dazu sagt.“

„Am besten, ich ruf Möller an, damit er Bescheid weiß“, entschied Isabella. Sie tippte auf das Display ihres Smartphones. „Er telefoniert gerade“, stellte sie fest und drückte sogleich eine andere Nummer. „Robert!“, entfuhr es ihr zornig. „Auch besetzt. Wetten, der jammert jetzt Möller die Ohren voll, dass er sich gemobbt fühlt und dass du ihm seine Moorleiche wegnehmen willst. Das ist doch nicht zu fassen.“

„Zwischen Möller und Robert passt sowieso kein Blatt Papier“, bemerkte Uwe und wandte sich wieder dem Display seiner Kamera zu.

„Den kauf' ich mir“, sagte Jürn so entschieden, wie ihn noch nie jemand etwas hatte sagen hören. Er machte sich auf den Weg. Er spürte seine Wut, und das war ein richtig gutes Gefühl.

Jürn sah am Wegesrand eine ausgetretene Zigarettenkippe. Hier ist Robert also, vermutete er und sah zu dem kleinen Wäldchen aus Kiefern und Birken.

‚Robert Moorauge‘? Sollte seine Moorleiche wirklich diesen Namen bekommen? Als Jürn seinen Kollegen ein Stück weiter im Gehölz verschwinden sah, kam ihm eine andere Idee …

Lengener Meer
Landkreis Leer

Das Hochmoor „Lengener Meer" gehört seit September 2016 zum neu ausgewiesenen Naturschutzgebiet „Stapeler Moor und Umgebung" mit einer Größe von etwa 1155 Hektar. Das ausgedehnte Areal tangiert die Gemeinde Uplengen im Landkreis Leer, Zetel im Landkreis Friesland, Friedeburg im Landkreis Wittmund und die Stadt Westerstede im Landkreis Ammerland. Bereits 1940 wurden 140 Hektar des Hochmoors „Lengener Meer" als Naturschutzgebiet ausgewiesen und so vor der Abtorfung bewahrt. Das eigentliche

Links: Das Naturschutzgebiet „Stapeler Moor und Umgebung" erstreckt sich auf einer Fläche von 1155 Hektar. Oben: Schöne Aussichten vom Turm am „Up-Lengener-Moor-Padd".

„Meer" nimmt davon etwa 22 Hektar ein und ist neben dem Ewigen Meer der einzige noch erhaltene Hochmoorsee in Ostfriesland. Früher nannten die Bewohner der Umgebung das Lengener Meer schlicht „Groot Meer" (Großes Meer).

Das weniger als einen Meter tiefe Gewässer in der Gemeinde Meinersfehn hat einen Durchmesser von rund 500 Metern. Es ist von wachsendem Moor umgeben, das von landwirtschaftlichen Nutzflächen begrenzt wird, die als Puffer- und Entwicklungsflächen dienen.

Das „Lengener Meer" ist ein 22 Hektar großer Hochmoorsee - einer von zwei noch existierenden Hochmoorseen in Ostfriesland.

Das Naturschutzgebiet „Stapeler Moor" ist der südlichste Überrest der ehemals schier endlosen ostfriesischen Zentralmoore. Bis Ende der 1990er-Jahre wurde hier Torf abgebaut. Inzwischen sind die abgetorften Bereiche wiedervernässt worden, um den hochmoortypischen Tier- und Pflanzenarten zukünftig wieder ausgedehnte Lebensräume zu ermöglichen. Die Flora und Fauna dieser einzigartigen Landschaft ist bei einem Spaziergang über den „Up-Lengener-Moor-Padd" erlebbar. Der rund 1,6 Kilometer lange Rundwanderweg führt durch die ehemals abgetorften Flächen vorbei an Torfmoosen, Wollgras, Glockenheide und – im Frühjahr – durch die Geräuschkulisse der hier lebenden Moorfrösche. Zwischen Mai und September schwirren unzählige Libellen umher. Im Winter werden das Lengener Meer und das „Stapeler Moor" von Wasservögeln wie Krickenten, Löffel- und Stockenten aber auch Grau- und Saatgänsen besucht. Auch Kraniche werden hier seit einigen Jahren gesichtet. Ein Panoramablick erwartet den Besucher auf dem Aussichtsturm am Zollweg am „Stapeler Moor": Im Vordergrund glänzt das beinahe kreisrunde Lengener Meer, dahinter erstreckt sich eine Weite, welche die einstige Ausdehnung der ostfriesischen Moorgebiete erahnen lässt.

Dass morastige Landschaften von jeher von den Menschen gefürchtet wurden, versteht sich von selbst. Dennoch versuchten sie das Moor zu überqueren – das beweisen die in tieferen Torfschichten gefundenen Bohlenwege aus der Frühzeit, die seinerzeit die einzigen Verbindungswege über die ausgedehnten Moore Nordwestdeutschlands waren.

Im „Stapeler Moor" bei Oltmannsfehn wurden die Reste von mehreren Bohlenwegen aus Eichenholz entdeckt, die auf die Zeit zwischen 2000 und 700 vor Christus datieren und somit aus der Trockenperiode während der Bronzezeit stammen. In Teilen verläuft der „Up-Lengener-Moor-Padd" auf einem rekonstruierten Bohlenweg. Wer sich auf dieser hölzernen Konstruktion fortbewegt, deren Untergrund leicht schwankt, bekommt eine ungefähre Vorstellung davon, unter welch schwierigen Bedingungen die Menschen seinerzeit unterwegs waren – mancher fand dabei im Moor den Tod.

So wurde denn auch im Gebiet des Hochmoors „Lengener Meer" eine Moorleiche gefunden. Entdeckt wurde sie im Jahre 1941 beim Abbau von Brenntorf im Tarbarg, nordwestlich von Neu-England, einem Ortsteil von Westerstede. Der „Mann von Neu-England", der in der Dauerausstellung des Landesmuseums für Natur und Mensch in Oldenburg zu sehen ist, lebte in der Zeit zwischen 140 und 320 nach Christus.

Abgetorfte Bereiche im „Stapeler Moor" wurden wiedervernässt.

Zwischenahner Meer

Lübbert R. Haneborger

S(chw)e(r)enot

Meine Finger haben gezittert. Heute beim Lesen der Zeitung. Ganz deutlich, gezittert. Ich konnte es nicht verbergen, konnte es nicht verhindern. All die Eleganz, die Ruhe, mit der meine Hände sonst *ihre* Aufmerksamkeit und *ihre* Zuneigung erregen. Mit der ich sie fast buchstäblich um den Finger wickle, wenn sie mich kennenlernen. Ist heute nur noch ein feiner seismographischer Ausschlag.

Ich hoffe, es ist niemandem aufgefallen. Im großen Frühstücksraum des „Romantik- Hotels" schien alles seinen leisen, heiteren und gewohnten Gang zu gehen. Die beiläufige Nachricht der Zeitung wollte da nicht hineinpassen, aber immer wieder glitten meine Augen unweigerlich über die ersten Zeilen:

Tragischer Unglücksfall im Leeraner Miniaturland

Nächtlicher Besucher offenbar Opfer seines eigenen Leichtsinns

Leer – Bisher ist nur wenig bekannt. Aber die Mitarbeiter des Leeraner Miniaturlandes müssen gestern Vormittag, bei der Öffnung und Inbetriebnahme der Modellbauanlage, einen Riesenschrecken bekommen haben. Nach Informationen der Nordwest-Zeitung war es einem Besucher am Vortag offenbar gelungen, ...

Ich klappte das Blatt zusammen, schob es angewidert von mir, über den Tisch und blickte auf das Zwischenahner Meer. Und je länger ich schaute, kamen aus seiner spiegelnden Oberfläche all die Erinnerungen zu mir zurück …

Hertha war die Erste, und es fiel mir leichter als gedacht. Sie war ein ideales Opfer. Ich konnte es schon an der Art und Länge ihrer Kontaktanzeige erkennen. Sie stammte aus gutem Hause. Selbst in den Kriegsjahren hatte es immer Hauspersonal gegeben in der Familie. In den Wirtschaftswunderjahren war sie dann zur Welt gekommen und hatte es nie wirklich schwer gehabt. Auch wenn ihre Heirat auf mich mehr arrangiert, denn frei gewählt wirkte. Ein Fabrikantensohn wurde ihr Ehemann. Und bis zur großen Finanzkrise 2007 hatte er das elterliche Firmenschiff mit großem Geschick durch alle wirtschaftlichen Untiefen gelenkt.

Auch danach war es nicht wirklich ärmlich zugegangen in Blankenese und nicht trauriger in den Fabrikationshallen für Pflaster und Verbandmaterial, für Salben und Tinkturen. Doch ein Herzleiden plagte den Herrn Industriellen in der Folge, weil die angelegten Überschüsse spurlos im Börsen-Äther verrauscht waren. Drei Jahre später hatte ihm die Herzensenge den letzten Atem geraubt.

Seitdem war es einsam um die kinderlose Witwe geworden und sie hatte mit Anfang sechzig ihre erste Annonce bei einer überregionalen Zeitung aufgegeben. Es hatte sich nicht gut angefühlt, eher wie ein Verrat an ihrem Mann. Aber die Sehnsucht nach einem lieben Wort, nach Austausch und vertrauten Gesprächen war bei aller oberflächlichen Unternehmungslust ihrer Freundinnen stärker gewesen. Und Seelen-Pflaster gehörten leider nicht zum Angebot der eigenen Produktion, die sie aus Pflichtgefühl aufrechterhielt. Eine dauerhafte Beziehung wäre für sie zu viel des Guten gewesen und war von mir auch nie beabsichtigt. Ich musste nur für die richtige Atmosphäre sorgen, so wie ich es in dem Buch gelesen hatte.

Vor vier Jahren nämlich war es auf meinen Geburtstagstisch geflattert und ich hätte nie gedacht, bei Florian Illies die Lösung und das Modell für mein zukünftiges Leben zu finden. „1913. Der Sommer des Jahrhunderts."[1] Der Sommer vor dem ersten Weltenbrand. Wie waren meine Freunde nur auf diese Idee verfallen? Wieso dachten sie, dass dies ein Geburtstagsgeschenk für mich sein könnte. Klar, ich interessierte mich für Geschichte. Hatte ich immer getan. Aber schließlich wurde ich nicht 100, sondern „nur" 30! Und dass wir in unruhigen Zeiten lebten, musste man mir nicht sagen, das spiegelte allabendlich der Fernseh- oder Computerbildschirm. Deshalb wertete ich das Buch zunächst als Verlegenheitsgeschenk und hielt mich lieber an den edlen Bordeaux und die exquisite Tabakschachtel, um im feinen Zigarillo-Rauch einen Hauch von Dandytum zu schnuppern. Immerhin, in den letztgenannten Präsenten hatten sie Geschmack bewiesen, meine Freunde. Wir waren schon ein merkwürdiger Haufen von vier Single-Männern. Alle verfolgt vom Pech in der Liebe. Zwei von uns schon glücklich geschieden.

Als ich Wochen später wieder einmal angewidert durchs abendliche Fernsehprogramm zappte, nahm ich endlich Illies' Buch zur Hand und fing an zu blättern. Las hier und da. Und fand mich zunächst nicht zurecht in diesem beeindruckenden Puzzlespiel aus Persönlichkeiten und Utopien und

1 *Das Buch von Florian Illies und Gedanken aus „1913. Der Sommer des Jahrhunderts" (erstmals 2012) finden im Folgenden Erwähnung mit freundlicher Genehmigung des S. Fischer Verlages, Frankfurt am Main.*

mehr gespürten, denn erlebten Katastrophen. Dann plötzlich dieser Halbsatz auf Seite 147. Soweit ich mich erinnere, wird Rainer Maria Rilke im Mai 1913 gerade sowohl von seiner Ex-Geliebten Sidonie als auch von seiner Ex-Frau Clara (!), die sich beide mit ihm in Paris aufgehalten hatten, verlassen. Und er ist sehr erleichtert. Dass er die beiden wieder nur in Gedanken um sich weiß. In angenehmer Weise. Dass er die beiden fortan erneut aus der Ferne lieben kann. Aus der Ferne lieben! In seiner unwiderstehlichen Art würde er sie mit Briefen bei der Hand nehmen.

Ich hatte mich mein halbes Leben vergeblich danach gesehnt, einen Geistesverwandten kennenzulernen und erblickte ihn nun plötzlich in ähnlich bewegten Zeiten, wie sie Rilke und all diese anderen Schwerenöter und Schwermütigen wie Trakl, Kafka oder Gottfried Benn im Sommer 1913 und danach erlebten. Die große alte Zeit der Bäderarchitektur und der Sommerfrischen, das Gefühl der „Spätgeborenen", das mich schon in meinen Studienjahren faszinierte, stand wieder vor meinem inneren Auge.

Ich blätterte weiter, entdeckte, dass zu dieser Zeit schon eine mehr als anderthalbjährige Flucht *vor sich selbst* und durch ganz Europa hinter Rilke lag. Und ich erkannte die Gemeinsamkeiten. Getrennt von seiner Frau reiste der österreichische Dichter wie ein Enttäuschter, ein Getriebener von Nord nach Süd, von West nach Ost – im fliegenden Wechsel. Immer im Gepäck die blauen Briefumschläge, von denen er täglich zahlreiche über die Hotelrezeption durch halb Europa verschickte und in die er all die täglichen Befindlichkeiten und seine eigene Seelenerkundung wortreich verpackte. Vor allem an seine Ex-Freundinnen, seine Musen, und, wie ich mit Erstaunen las, seine entfernten Gönnerinnen. Die ihn allerorten mit Nettigkeiten und Aufmerksamkeiten und mit Geld versorgten, weil sie an die große Sache und seine Dichtkunst glaubten.

Auch ich hatte immer von Größerem geträumt, war aber nie angekommen. Mit Ausnahme der Grundschule, wo ich heute unterrichtete und mich täglich mit den unerzogenen Blagen dieser Helikopter-Eltern herumschlug. Ich war zu faul gewesen im Studium, zugegeben, doch dies hatte ich nie gewollt.

Plötzlich fragte ich mich, ob das, was Rilke da vorgemacht hatte, auch heute noch funktionieren würde und wie viel Kohle das Ganze abwerfen würde. Na ja. Von Kohle durfte ich natürlich nicht mehr reden zukünftig, allein schon das Wort. Viel zu alltäglich, viel zu gewöhnlich. Ich fand Gefallen an der Idee, alles hinzuwerfen, das kleine Nest nahe Heide zu verlassen und die Orte aufzusuchen, die Rilke einst bereiste. Ohne selbst großartig ambitioniert zu sein oder zu dichten! Vielmehr vom Geld meiner Gönnerinnen zu leben. Einfach mich selbst der Dekadenz der damaligen Zeit hinzugeben, durch Badeorte zu flanieren und diese ganzen flatterhaften Aufregungen und Verstörungen von heute hinter mir zu lassen. Ist es denn ein Wunder, dass es die Menschen in unserer Zeit zum Gediegenen und Altmodischen zieht und immerfort zu neuen Ruhepolen? … Ich merkte schnell, dass es mich nicht einmal Mühe kostete, so zu formulieren.

Um schöne Worte war ich nie verlegen und sie hatten mir im letzten Moment überhaupt noch den Abschluss an der Universität gerettet. Nur meine Freundinnen waren nicht lange darauf hereingefallen, dass Worte und Taten bei mir oft ein Eigenleben führten und keinesfalls in Verbindung standen. Was auch meine Kollegen an der Schule oft genug bemängelten. Und während die Kollegen nörgelten, ließen mich meine Freundinnen mehr als einmal unglücklich zurück. Aber jetzt war ich sicher: Koseworte aus der Ferne würden mir leichtfallen. Und ich würde nicht die alten Fehler wiederholen und tiefe Blicke in meine Seele zulassen, um mich für ihre Gunst schließlich selbst zu verleugnen. Ich beschloss, den Spagat zu wagen und mich auf die Suche zu machen nach Gönnerinnen von heute und, so gut es eben ging, nach der Bäderzeit von damals.

Ich investierte einen Teil meines Ersparten in eine neue Garderobe und pflegte mein Äußeres noch mehr als sonst. Ein halbes Jahr gab ich mir, um mindestens drei vermögende, aber im Herzen einsame Frauen kennenzulernen. Die großen überregionalen Gazetten und ihre Kontaktbörsen boten mir ein ideales Jagdrevier. Hertha traf ich in einem noblen Hamburger Café und wenngleich ich aufgeregt war, wegen der dreißig Jahre, die uns trennten, konnte ich doch mit meinem einstudierten Repertoire von charmanten Bemerkungen und den Lebensthemen, die ich wie beiläufig erfragte, schnell ins Schwarze treffen. Und ich weiß, dass ich bei ihr einen Moment des Nebels, der nachhaltigen Fassungslosigkeit hinterlassen habe. Ich musste nur darauf achten, dass ich auch die innerliche Distanz wahrte und nicht erneut in Liebeskummer ertrank. Aber dreißig Jahre Altersunterschied bedeuteten eine Menge Abstand.

Am Anfang verschlangen die verschiedenen Wochenendtrips zu Hertha und die verschwiegenen, ersten Treffen mit anderen Inserentinnen einen Großteil meiner Reserven. Aber einmal in ihrer Gunst, erhielt ich bald bemerkenswerte Aufmerksamkeiten an der Rezeption und Präsente, die sich schnell zu Geld machen ließen. Ich wurde mutiger und traf mich auch mit unglücklich verheirateten Damen.

Bei der Schulbehörde beantragte ich eine einjährige Auszeit. Doch auch drei Jahre später wartet der Rektor meiner Grundschule vergeblich auf meine Rückkehr oder ein Zeichen von mir. Wie sollte ich auch im Klassenzimmer stehen, wenn ich doch viel Wichtigeres zu tun hatte und abwechselnd in Bad Reichenhall, Bad Kissingen, in Heringsdorf, Heiligenhafen oder Zinnowitz, in Sankt Moritz oder Davos, in Bad Gastein, Ischl, Aussee, Kitzbühel oder Biarritz logierte und immer mehr die Zeit vergaß. Irgendwann war ich so weit, dass ich alles sehen wollte, auch die Orte, die Rilke vielleicht gar nicht bereist hatte. Einfach, um sie ästhetisch neu zu erleben. Ich entdeckte Brüssel im Zeitalter des Jugendstils. Ich hörte zeitgenössische Musik in Kurkonzerten, liebte es, mit Debussy oder Erik Satie im Ohr fast majestätisch entlang der Küsten zu gehen und las nebenbei die Tagebücher des schillernden Harry Graf Kessler und die „Fleurs du mal" von Baudelaire. Ich brauchte dieses Fluidum der gehobenen alten Zeit, das mich schützte und aus dem heraus ich plötzlich den Drang verspürte, ein ganzes Buch über Rilke, sein Leben und meine eigenen Erkundungen zu schreiben.

Darüber hinaus wollte ich die Kontakte zu meinen Gönnerinnen kontrollieren und ließ irgendwann auch das teure Handy zurück bei meiner Schwester, wo im Schuppen die wenigen Habseligkeiten lagern, die ich auch nach meiner Wohnungsauflösung noch aufbewahren wollte. Ansonsten füllte ich meinen Geist mit all den Eindrücken meiner großen Reise. Und ich begann damit, ein Tagebuch zu schreiben. Außerdem führe ich ein kleines Oktavheft über all die Briefe, die ich täglich versende. Damit ich keine von ihnen vergesse, damit ich mich nicht verrate mit meinen Aussagen. Damit sie sich nicht begegnen.

Wie gut, dass Gudrun, Elisabeth, Sabine, Mechthild und die anderen nicht das Geringste ahnen. Weder davon, dass ich hier in Bad Zwischenahn eine Zeit untertauchen wollte, noch von dem beifälligen Spiel, das sie in Atem hält und mich nur wenig Mühe kostet. Aber wie sollten sie auch? Meine Arbeit besteht lediglich darin, ihnen Briefe zu schreiben. Ich habe dem Kettenbrief einen neuen Sinn gegeben. Sie leben von meinen Worten und ich von ihrer Sehnsucht. Schon seit vier Jahren verbringe ich die meiste Zeit des Tages zeitversetzt, so als ob ich mich allem entzogen hätte und das Jahr 1913 endlos ausdehnen könnte.

Und alles war gut, bis zu dem Zeitpunkt, als ich zum Staatsbad Norderney weiterreisen wollte und völlig übermüdet den Zug in Oldenburg verließ. Ich übernachtete im nächstbesten Hotel, weil ich mich vor lauter Müßiggang kaum auf den Beinen halten konnte. Und am nächsten Morgen verpasste ich beinahe den Zug nach Norddeich. Dabei muss es dann passiert sein: In der Eile vergaß ich in meinem Hotelzimmer das Tagebuch! Irgendwie spürte ich schon unterwegs, dass irgendetwas fehlte. Auf Norderney angekommen, durchwühlte ich meine Taschen und den Lederkoffer und ließ mich anschließend mit der Hotelrezeption verbinden. Aber die eilig anberaumte Suche in Oldenburg blieb ohne Ergebnis. Das Tagebuch war unauffindbar.

Ich verbrachte ein paar aufgeregte Tage auf der Insel und gab meiner Unruhe in meinen Briefen Ausdruck, ohne dabei das brisante Tagebuch zu erwähnen. Da erwies sich auch das Ambiente des wiederbelebten „Conversationshauses“ von 1840 als wenig beruhigend. Auch wenn ich König Georg V. von Hannover und seine Gemahlin Marie in diesen außergewöhnlich kühlen, fast menschenleeren Apriltagen direkt vor mir gehen sah. Mein Rilke-Projekt fortzuschreiben, schien aussichtslos.

Dann wurde mir nach einem hastigen mittäglichen Spaziergang an der Hotelrezeption eine Nachricht angekündigt. Ich erwartete einen Briefumschlag von einer meiner Verehrerinnen. Dann aber sagte die Angestellte, sie würde den Herrn zurückrufen, der nach mir gefragt habe. Als sie den Gesprächspartner erreicht und mir den Hörer gereicht hatte, spürte ich bald das Schwitzen meiner Fingerspitzen in den feinen Lederhandschuhen.

„Ich habe das, was Sie suchen“, waren die ersten Worte, die ich hörte. Keinen guten Tag, keine Floskeln. Dafür aber unvermittelte Unverschämtheiten und eine verschwörerische Stimme. „Ich bin Detektiv, müssen Sie wissen, und meine Nichte, die Zimmermädchen im ‚Hermes-Hotel' in Oldenburg ist, hat mir unvorsichtigerweise Ihre Fundsache aus Zimmer 271 vorbeigebracht. Ich sollte Sie ausfindig machen und es Ihnen zurückgeben. Aber ich war neugieriger als sie und habe erst einmal geblättert und gestaunt. Und ich kann nur sagen: Ich habe mit *sehr großem* Interesse gelesen, was Sie da vor der Welt und diesen unglücklichen Damen in Ihrem Tagebuch verbergen wollten, Herr Seelentröster, oder sollte ich besser sagen Herr Heiratsschwindler? Adrian Linden, ist das eigentlich Ihr richtiger Name? Aber ich schweife ab. Sie können sich vorstellen, dass diese Erkenntnisse nicht ohne Folgen für Sie bleiben können. Ich frage mich seit Stunden, was Ihnen das Tagebuch wohl wert sein könnte und dazu noch der Umstand, dass ich nichts an die zahlreichen Witwen und die Ehemänner dieser Ehebrecherinnen verrate. An die heißblütige Sabine und die verschwiegene Ulrike zum Beispiel. Immerhin habe ich 17 verschiedene Namen gezählt und in ganz Deutschland und Österreich und der Schweiz auch schon entsprechenden Adressen zuordnen können! Und es würde mich mal interessieren, ob diese Sabine ihre Tür nicht auch für mich öffnen würde! Na, was meinen Sie Frauenflüsterer dazu?"

Ich sah mich verunsichert um in der Hotellobby und flüsterte mit schriller Stimme: „Sie Ekel, Sie Scheusal! Hören Sie auf damit." Und ich musste mich mehrfach räuspern, weil es mir die Stimme verschlug und mich würgte. Schließlich vereinbarten wir ein Treffen in Bad Zwischenahn drei Tage später. An öffentlicher Stelle. Auf einem Schiff der „Weißen Flotte".

Völlig aufgelöst erreichte ich mein Hotelzimmer, wo mich – völlig unpassend – zarte Sonnenstrahlen am Balkonfenster empfingen. Und ich musste unweigerlich an Rilke denken und wie ihn die Sonnenstrahlen schon Anfang Februar 1913 aus seinem Gartenstuhl vor dem Hotel „Reina Victoria“ in Ronda vertrieben hatten. Auch ich musste nun vorzeitig und übereilt aufbrechen, auch mir wurde es zu heiß, auch wenn das Außenthermometer nur 7 Grad anzeigte. Ich bestieg das nächste Schiff und ließ mich erster Klasse nach Bad Zwischenahn befördern, von wo aus ich Erkundigungen über diesen Schmalspurermittler einholte.

Enno Brick betrieb eine heruntergekommene Ein-Mann-Detektei im Oldenburger Stadtteil Kreyenbrück. Schon seine Homepage machte einen eher kläglichen Eindruck, die anonymen Kundenbewertungen in einem anderen Portal sprachen Bände: „Wenn ich hier minus drei Sterne anklicken könnte, ich würde es tun! Noch bevor mein Mann einmal zu seiner neuen Geliebten fuhr, ist dieser Dilettant von Detektiv schon aufgeflogen! Beim nächsten Mal investiere ich lieber mehr Geld und beauftrage dafür ein seriöses Detektivbüro! Jetzt ist mein Mann vorgewarnt und nimmt sich noch mehr in Acht!“

Wenn ich jetzt allerdings glaubte, leichtes Spiel zu haben, hatte ich mich getäuscht. Geld konnte dieser Brick in jedem Fall gebrauchen und er würde es wieder und wieder verlangen, ohne dass ich auch nur die Spur einer Chance hätte, schnell an mein Tagebuch zu kommen.

Einen Tag später erreichte ich, zu allem entschlossen, den Anleger der „Weißen Flotte“. Ich hielt nach allen Seiten Ausschau, doch ein einzelner Passagier, den ich nach seiner Telefonstimme auf Anfang 50 schätzte, war nicht zu sehen. Als einer der Letzten ging ich an Bord der „Bad Zwischenahn“ und setzte mich gut sichtbar ans Ende des Oberdecks, während unter mir der letzte dampfende Grünkohl auf den Tisch kam. Nur drei weitere Fahrgäste hatten sich in die Kühle hinausgewagt, doch sie schienen mit sich selbst beschäftigt zu sein oder mit den im Wasser gespiegelten mondänen Hotel- und Villenfassaden.

Auch ich blickte schließlich über das beschauliche Zwischenahner Meer, als in meinem Augenwinkel die Kabinentür geöffnet wurde und ein untersetzter Mann mit halblangen grauen Haaren und einer abgewetzten Lederjacke das Deck betrat und auf mich zusteuerte. Er setzte sich eine Reihe vor mich in knapp zwei Meter Abstand und begann mit den Worten:

„Da ich nicht wusste, wie Sie aussehen, Linden, dachte ich mir, je länger ich warte, desto eher ist der nervöseste Fahrgast mein Mann! Übrigens nett von Ihnen, auf der letzten Seite zu verraten, dass Sie als nächstes Norderney heimsuchen wollten. Da musste ich nur zwei und zwei zusammenzählen, um im richtigen Hotel anzurufen."

Brick grinste schmierig zu mir herüber und zog dann den Reißverschluss seiner Jacke ein kurzes Stück hinunter, um mit seiner Rechten in die Innentasche hineinzufingern. Ein Blatt kam zum Vorschein, auf dem ich unzweifelhaft meine Handschrift erkannte.

„Na, Linden, erkennen Sie es wieder? Was würden Sie sagen, wenn Sie mir jedes Blatt Ihres Tagebuchs einzeln abkaufen würden. Je nachdem, wie brisant der Inhalt ist – desto höher der Tagespreis!" Er kicherte höhnisch angesichts seiner genialen Erpressungsmethode.

Ich hatte es geahnt. Er würde mich ausbluten lassen – und wie konnte ich sicher sein, dass er am Ende der Zahlungen nicht sagen würde: „Das Tagebuch haben Sie zurückgekauft, doch was machen wir nun mit der Kopie, die in meinem Büroschließfach liegt?!"

Aber das war es gar nicht, was mich so in Rage brachte. Denn gleich darauf zischte er: „Die ersten fünf Seiten gibt es zum Sonderpreis von, sagen wir, 10 000 … und dann bestellst du mir die heißblütige Sabine nach Zwischenahn auf dein Hotelzimmer, wo *ich* sie erwarten werde!"

Schlagartig kochte mir das Blut in den Adern und mit einem Satz sprang ich zu ihm herüber und packte ihn reflexartig am Kragen.

„Wenn Sie es wagen, Sie Ekel! Sabine ist eine ehrbare Frau“, fuhr ich ihn an. Ich hätte Brick in diesem Moment am liebsten über Bord und dem sagenumwobenen Mörderwels in den Rachen geworfen. Immerhin war sein Gesicht inzwischen puterrot angelaufen und seine Augen begannen zu flackern.

„Na dann eben nicht die Sabine!“, krächzte er. „Lassen Sie uns vernünftig reden.“

Die anderen Passagiere schüttelten nur verwundert ihre Köpfe und wandten sich ab.

„Wo sind die anderen Seiten?“, drang ich auf Brick ein.

„Die liegen gut verstaut in meinem Büro. Die werden Sie aber erst kriegen, wenn Sie zahlen! Der Preis für alle Seiten hat sich soeben verdoppelt!“

„Verdoppelt?“

„Ja!“, flüsterte er verschwörerisch, „jetzt will ich 200 000 für das ganze Buch!“

Ich willigte ein und sagte ihm, ich müsse das Geld erst besorgen. „Ich rufe Sie an, wenn ich es habe und sage Ihnen, wo wir uns treffen“, bestimmte ich.

„Na, schön, wie Sie meinen. Aber das Zwischenahner Meer ist doch so idyllisch, ein idealer Umschlagplatz“, antwortete Brick und reichte mir eine vergilbte Visitenkarte. „Und vergessen Sie nicht, dass ich am längeren Hebel sitze!“

Ich erhob mich und ging unter Deck, während Brick sich gelassen auf seiner Bank zurücklehnte. Ich brauchte einen starken Kaffee oder etwas anderes, das mich aufwärmte.

Unvorsichtigerweise hat meine linke Hand erneut die Tageszeitung herübergezogen und wenig später lese ich wieder die Zeilen:

Tragischer Unglücksfall im Leeraner Miniaturland

Nächtlicher Besucher offenbar Opfer seines eigenen Leichtsinns

Leer – Bisher ist nur wenig bekannt. Aber die Mitarbeiter des Leeraner Miniatur-landes müssen gestern Vormittag bei der Öffnung und Inbetriebnahme der Modellbauanlage einen Riesenschrecken bekommen haben. Nach Informationen der Nordwest-Zeitung war es einem Besucher am Vortag offenbar gelungen, kurz vor der Schließung unbemerkt unter eines der Ausstellungsmodule zu schlüpfen. Dort machte er sich anschließend im sogenannten „Schattenbahnhof" an der Verdrahtung und Regelungstechnik zu schaffen. Ob er die Anlage ausspionieren wollte oder was dabei sein Ziel war, bleibt nach Aussagen von Polizeisprecherin Sina Butke rätselhaft. Klar ist nur, dass der Unbekannte an mehreren Stromschlägen, offenbar ungehört, unter der Anlage verstarb. „Hände und Gesicht waren rabenschwarz verkohlt", berichtete ein Techniker des Miniaturlandes, der ungenannt bleiben will. Man habe drei Minuten vor Schließung des Hauses den Kurzschluss auf der Ausstellungsfläche in der im August 2016 eröffneten neuen Halle bemerkt und entschieden, der Sache erst am kommenden Vormittag auf den Grund zu gehen …

Als ich im Gästedeck der „Bad Zwischenahn" schließlich meinen Kaffee trank und mehr desinteressiert die Touristenflyer zur Hand nahm, die in einem kleinen Halter neben der Speisekarte steckten, machte ich wiederum eine erstaunliche Entdeckung. Von diesem „Miniaturland" am Leeraner Emsdeich hatte ich nie zuvor gehört. Aber als ich las und sah, dass man dort gerade das Zwischenahner Meer nachgebildet hatte, reifte in mir ein heimtückischer Plan.

Unter einem Vorwand rief ich einen der Freunde unseres ‚Junggesellen'-Kleeblatts an. Stephan hatte schon lange nichts mehr von mir gehört, aber als Elektro-Ingenieur war er der Informant, den ich jetzt brauchte. Die nächste Nacht wurde aufregend. Ich nahm den Zug nach Leer und begab mich nach einem ausgedehnten Spaziergang gegen 16 Uhr ins Leeraner Miniaturland. Meine Kleidung wählte ich betont unauffällig und gegen kurz nach fünf verließ ich die Ausstellung. Aber nur um einen Augenblick abzuwarten und kurz darauf unbemerkt in die Ausstellung zurückzukehren.

Als alles still und leise wurde, tat ich das, was ich für Brick vorgesehen hatte. Löste die Verblendung am Ausstellungspodest und kletterte unter die Modellbaufläche. Hier machte ich mich an den Schaltkreisen zu schaffen, so dass ein neuer Schaltkreis entstand, ohne dass der reguläre Betrieb dadurch erlahmen würde. Zum Schluss klebte ich die Blechdose an, prall gefüllt mit Wasser. Ich konnte nur hoffen, dass es Brick in seiner Raffgier über die Finger lief, wenn er den blanken Draht noch in der Hand hielt.

Zurückgekehrt ans Zwischenahner Meer, versprach ich ihm am Telefon den „Schatz im Zwischenahner Meer" und empfahl ihm einen Ausflug ins Miniaturland. Weil ich es ihm nicht so leicht machen wollte und insgeheim an die Karl-May-Verfilmung von Harald Reinl dachte, in der Herbert Lom schon die Hände am Schatz des Silbersees hat und im letzten Moment in eine morastige Grube stürzt.

Noch am gleichen Abend verschaffte ich mir Zugang zu Bricks Büro und brauchte nicht lange, um das Tagebuch zu finden. Brick war eben wirklich ein miserabler Schnüffler. Ich verbrannte alle Unterlagen, die mich verraten konnten und warf seinen Computer in die Hunte. Es bestand jederzeit die Gefahr, dass er aus Leer zurückkehren würde und mich entdecken würde. Aber alles ging gut, ich verstehe meine heutige Aufregung eigentlich nicht. Selbst wenn sich seine Nichte an den Namen Adrian Linden erinnert, wird ihr mein Künstlername wenig nützen. In einer halben Stunde fährt mein Zug am Bahnhof ab.

Die Taschen sind gepackt. In meinem Koffer liegt wieder, gut verstaut, das Tagebuch. Damit werde ich zurück nach der Insel fahren und die Seeluft des Staatsbades schnuppern und mich zurückversetzen in die frühere Zeit. Aber nur zwei Tage sind für meinen Aufenthalt geplant. Dann hoffe ich auf ein Schiff oder einen kleinen Flieger nach Borkum. Von dort setze ich nach Delfzijl über und fahre weiter nach Belgien. Oostende, die „Königin der Seebäder", wird mir den nötigen Abstand verschaffen. Und wer weiß, vielleicht lade ich auch eine meiner Brieffreundinnen dorthin ein. Es wird eine herrliche, eine inspirierende Zeit. Von meinen Musen umgeben, werde ich schreiben: über Rilke und wie Rilke.

Zwischenahner Meer

Landkreis Ammerland

Das Zwischenahner Meer gehört zur Gemeinde Bad Zwischenahn im Landkreis Ammerland. Anfang des 19. Jahrhunderts hat sich die Bezeichnung „Zwischenahner Meer“ für das große Gewässer, das über einem eingefallenen Salzstock entstanden ist, durchgesetzt. Bereits Mitte des 19. Jahrhunderts zog Zwischenahn viele Urlauber an – dafür steht das 1874 erbaute Kurhaus. 1919 erhielt der Ort die Namensergänzung „Bad“. Wie so häufig, ist auch in Bad Zwischenahn das Wasser ein touristischer Anziehungspunkt

Links: Die Kappenwindmühle im Kurpark von Bad Zwischenahn hat auch einen Platz in Wassernähe. Das Zwischenahner Meer ist der drittgrößte Binnensee in Niedersachsen.

und so avancierte der See zur „Perle des Ammerlandes". Mit einer Wasserfläche von 5,5 Quadratkilometern ist das Zwischenahner Meer nach dem Steinhuder Meer und dem Dümmer See der drittgrößte Binnensee Niedersachsens. Die Tiefe des Sees, der von einer reizvollen Naturlandschaft umgeben ist, liegt bei sechs Metern. Wassersportler kommen hier genauso auf ihre Kosten wie Erholungssuchende. Wer an einer kleinen Seefahrt interessiert ist, kann eines der Schiffe der „Weißen Flotte" nutzen, die von der Reederei

Das Ufer des Zwischenahner Meeres bietet viele Möglichkeiten zum Verweilen - und das zu jeder Jahreszeit.

Herbert Ekkenga AG betrieben wird. Am Südufer befindet sich der privat errichtete und betriebene Yachthafen Bünting – mit 400 Liegeplätzen ist er einer der größten privaten Binnenseehäfen Deutschlands. Private Motorboote sind auf dem See grundsätzlich verboten, außerdem besteht von Oktober bis einschließlich März zur Schonung der Wasservögel und der Natur ein komplettes Fahrverbot.

Der gesamte See- und Uferbereich des Zwischenahner Meeres ist als Landschaftsschutzgebiet ausgewiesen. Am Nordwestufer befindet sich das Naturschutzgebiet „Stamers Hoop" (24 Hektar), am Nordufer das kleine Naturschutzgebiet „Drei Eichen". Eine Besonderheit: Beinahe durchgängig ist das Ufer des Sees mit Schilfrohr bewachsen – es findet sich deshalb auch im Wappen der Gemeinde wieder. Empfohlen sei auch der Rundweg um den See. Er erstreckt sich auf einer Länge von etwa 13 Kilometern, führt allerdings nicht durchgängig am Ufer entlang.

Und dann gibt es noch zwei „sagenhafte" Erzählungen, in dessen Mittelpunkt das Zwischenahner Meer steht. Die Legende mit dem Titel „Düwelswark" handelt vom Leibhaftigen und davon, dass er persönlich für die Entstehung des Zwischenahner Meeres verantwortlich ist. Als sich nämlich einst die Stadt Oldenburg anschickte, eine Kirche zu errichten, soll der Teufel derart wütend geworden sein, dass er beschloss, die Stadt zu zerstören. Dafür riss er, so die Überlieferung, ein großes Stück Wald aus dem Ammerland und zog damit übers Moor in Richtung Oldenburg. Doch er wurde unterwegs gestört. Als plötzlich ein weißer Hahn krähte, missachtete der Teufel dessen Ruf mit den Worten „Witte Hahn witt, ik acht die en Schitt" (… ich achte Dich einen Dreck) und setzte seinen Weg fort. Als ein roter Hahn krähte, erwiderte der Teufel „Rode Hahn ro, ik acht die so no" (... ich achte Dich ungern) und ließ ein Stück des Waldes dabei fallen. Als dann noch ein schwarzer Hahn krähte, geriet der Pferdefuß mächtig in Wut, warf auch das verbliebene Stück des Waldes ins Moor und rief „Swarte Hahn swart, du trekst mi all wedder upt Hart" (... Du triffst mich schon wieder ins Herz). Diese Sage liefert die Erklärung für die Entstehung der beiden Waldstücke „Kleiner" und „Großer Wildenloh" und des Zwischenahner Meeres, das sich an jener Stelle bildete, wo der Teufel den Wald herausgerissen hatte.

Auch gibt es die Legende von einem Riesenfisch, der im Zwischenahner Meer leben soll. Diese Erzählung ist gerade mal 40 Jahre alt, hatte aber zur Folge, dass man dem Meeresbewohner, den noch keiner richtig zu Gesicht bekommen hat, tatsächlich ein eigenes Denkmal widmete: Ein bron-

Das Ufer des Gewässers ist in weiten Teilen von Schilfrohr bewachsen.

zener Wels mit stattlichen Ausmaßen liegt seither auf dem Marktplatz von Bad Zwischenahn. Ob der Angelsport am Zwischenahner Meer deshalb so beliebt ist, sei dahingestellt.

Seit 1964 ist Bad Zwischenahn ein anerkanntes Moorheilbad. Die 1956 gegründete Kurbetriebsgesellschaft unterhält diverse Kureinrichtungen und Reha-Zentren sowie das Wellenbad mit Saunalandschaft und das Wellness-Dorf am Meer. Das Alte Kurhaus steht indessen unter Denkmalschutz. 1997 wurde der Klinikbetrieb eingestellt, heute sind dort die „Bibliothek am Meer“ sowie Veranstaltungsräume zu finden. Den Zusatz „am Meer“ trägt auch der Golfclub, der sich 1988 gründete und über einen 18-Loch-Platz verfügt.

Die Autoren

Silke Arends ist Journalistin (seit vielen Jahren für das Ostfriesland Magazin) und Autorin. Neben „Ostfrisica" (u.a. Ostfriesland Verlag – SKN; Wachholtz, Hamburg) hat sie auch „Literarisches" und „Kindgerechtes" veröffentlicht – z.B. das Kinderbuch für alle Lebensalter „Klabautermann und die verschwundenen Kapitänslöffel". Ebenso finden sich ihre Geschichten in der von der Stiftung Lesung ausgezeichneten Kinderzeitschrift „Gecko" – und werden sogar in China gelesen! Dass sie sich dem Genre „Kriminalistisches" widmet, hat mit der Faszination Mensch zu tun. Und dann sind da noch ihre Publikationen, die Meer und Mensch im Fokus haben: „Das Seenotretterkochbuch", „Das Nordseefischerkochbuch", „Das Ostseefischerkochbuch" sowie Reiseführer zu den Ostfriesischen Inseln und Usedom (alle Koehlers Verlagsgesellschaft, Hamburg). Mehr unter: www.ilsebill-verlag.de

Lübbert R. Haneborger, geboren 1970 in Aurich, studierte Germanistik, Kunst und Soziologie in Oldenburg. Ende 2004 promovierte er mit einer kulturwissenschaftlichen Forschungsarbeit zur Entstehung und Entwicklung der Bildform des Berner Hyperrealisten Franz Gertsch. Neben seiner Tätigkeit als freier Journalist für das Ostfriesland Magazin ist er als Sachbuch- und Krimiautor für Erwachsene und Kinder aktiv. Zuletzt erschienen: „Das Schlosspark-Geheimnis" (Deutscher Gartenbuchpreis 2014; für Kinder) und „Echte Oldersumer. Die diebischen Werftarbeiter Joke & Harm ermitteln" (Taschenbuch, 2015, Hörbuch, gelesen von Siemen Rühaak, 2017; für Erwachsene). Mehr unter: www.leocardiounddomec.de und www.facebook.com/pages/Echte-Oldersumer

Kai Kurgan, geboren als **Kai-Uwe Hanken** 1971 im Rheiderland, erkundet gerne die Schattenseiten des Friesenlandes. Er schreibt bevorzugt schwarze Geschichten, die an der Küste angesiedelt sind. Die Erlebnis-Lesungen des Autoren finden oft in alten Gemäuern wie Kirchen, Gulfhöfen und Steinhäusern statt und entfalten dort eine düstere Wirkung. Kai Kurgan liest, spricht und spielt seine Erzählungen, zum Teil unterlegt von dramatischen Ton- und Lichteffekten.

Stimm- und sturmgewaltig geht es auch in seinen Hörbüchern „Lamberts Traum“ (2011) und „Fangfahrt“ (2015) zu. Außerdem ist er in diversen Anthologien vertreten und hat unter anderem die Bücher „Dollartgold“ und „Schauerwellen und Schattenseiten“ verfasst. Mehr unter: www.kaikurgan.de oder www.facebook.com/KaiKurgan

Usch Luhn wurde in einem Dorf in Österreich geboren. Später zog sie nach Berlin und studierte an der Freien Universität Berlin Kommunikationswissenschaften. Danach arbeitete sie einige Jahre beim Radio und beim Kinderfernsehen. Schließlich fing sie an, längere Geschichten zu schreiben und machte eine weitere Ausbildung zur Drehbuchautorin. Seitdem arbeitet sie auch für den Film und unterrichtet an einer Filmschule. Wenn sie nicht durch die Weltgeschichte reist und aus ihren Büchern vorliest, wohnt sie abwechselnd in Berlin und Ostfriesland. Viele ihrer Bücher wurden in andere Sprachen übersetzt. Im April 2012 erschien mit „Herzgespinst“ ihr erster Thriller.

Jutta Oltmanns wurde 1964 geboren und wuchs in Ostfriesland auf. Aus der Leidenschaft für das Lesen und der Faszination für die ostfriesische Geschichte entstand der Wunsch, selbst schriftstellerisch tätig zu werden. Mehrere historische Romane hat die Autorin in den letzten 15 Jahren veröffentlicht, dazu eine Vielzahl von Kurzgeschichten, Lyrik und Liedertexten. Ihr jüngster historischer Roman, „Die Dufthändlerin“, erschien im September 2016 im Heyne Verlag. Für ihre niederdeutsche Erzählung „Swartbunt hett dusend Klören“ erhielt die Autorin im Februar 2015 den „Johann-Friedrich-Dirks-Preis“. 2016 empfing sie neben dem Niederländer Are Meijer den Freudenthal-Preis. Mit ihrer Kurzgeschichte „Die zwölfte Nonne“ gewann die Autorin den bundesweiten Schreibwettbewerb „Sola Scriptura 2017“ zur Feier des 500-jährigen Reformationsjubiläums des ev. Kirchenkreises Wittenberg. Jutta Oltmanns lebt in der Nähe eines idyllischen Kanals in Warsingsfehn. Sie hat zwei Söhne und arbeitet hauptberuflich bei der Bundesanstalt für Verwaltungsdienstleistungen in Aurich. Mehr unter: www.jutta-oltmanns.de

Andreas Scheepker ist gebürtiger Ostfriese, geboren (Jahrgang 1963) und aufgewachsen in Hage bei Norden. Er hat Evangelische Theolo-

gie und Judaistik, später Literaturwissenschaft, Geschichte und Pädagogik studiert. Er war mehrere Jahre als Gemeindepastor und im Bildungsbereich der Evangelischen Kirche in Ostfriesland tätig. Heute arbeitet er als Schulpastor am Gymnasium Ulricianum in Aurich und als Studienleiter in der Arbeitsstelle für Religionspädagogik. Er lebt mit seiner Frau und seinem Sohn in Aurich. Neben Veröffentlichungen in seinen beruflichen Fachgebieten hat er fünf Kriminalromane und mehrere Kurzgeschichten veröffentlicht, die alle in Ostfriesland spielen.

Hans-Erich Viet, 1953 am Dollart geboren, lebt dort und in Berlin und anderswo. Er ist Regisseur, Autor und Produzent. Er begann als Chemielaborant in Leer, arbeitete dann im sozialen Bereich in England und Irland. Nach Zwischenstopps als Waldarbeiter, LKW-Fahrer und Weihnachtsmann studierte er Politische Wissenschaften, Philosophie und Kunstsoziologie in Berlin und Belfast. Nach seinem Diplom als Politologe studierte er an der Deutschen Film- und Fernsehakademie Berlin (dffb). Seit 2006 war er Professor für Spielfilm an der Internationalen Filmschule (ifs) in Köln. Mit „Schnaps im Wasserkessel“ und „Karniggels“ (als Co-Regie mit Detlev Buck) begann seine filmische Arbeit. Viet dreht Dokumentarfilme und Spielfilme fürs Fernsehen (u.a. „Polizeiruf 110“), einige waren im Kino zu sehen. Der Rheiderländer erhielt diverse Preise, u.a. den Grimme-Preis, eine Grimme-Preis-Nominierung, die Bundesfilmpreis-Nominierung, den Ministerpräsidentenpreis beim Max-Ophüls-Festival und den Filmpreis des Deutschen Gewerkschaftsbundes. Viet ist Mitglied der Deutschen Filmakademie, spricht lieber Plattdeutsch als Hochdeutsch, kocht gerne und mag Katzen, Motorräder und alte Segelboote.

1 | Großes Meer | *Niedermoorsee*
2 | Kleines Meer | *Niedermoorsee*
3 | Bansmeer | *Natürlicher Binnensee*
4 | Uphuser Meer | *Moorsee*
5 | Loppersumer Meer | *Moorsee*
6 | Frauenmeer | *Eiszeitlicher Reliktsee*
7 | Boekzeteler Meer | *Moorsee*
8 | Timmeler Meer | *Künstlicher See (verbunden mit 7)*
9 | Ihler Meer | *Künstlicher See*
10 | Ottermeer | *Künstlicher Moorsee durch Torfabbau*
11 | Ewiges Meer | *Hochmoorsee*
12 | Lengener Meer | *Hochmoorsee*
13 | Wangermeer | *Künstlicher Freizeitsee*
14 | Hooksmeer | *auch Hooksieler Binnentief / Künstlicher See*
15 | Zwischenahner Meer | *Natürlicher Binnensee*
16 | Schwarzes Meer | *Grundmoränensee*
17 | Barger Meer | *Baggersee*
18 | Großes Engelsmeer | *Moorsee*

1 Krimi-Orte
1 Weitere Meere (eine Auswahl)

Wangerooge
Spiekeroog
Langeoog
13
Esens
14
Wittmund
Jever
Schortens
Wilhelmshaven
1
Jade-
Busen
Aurich
10
Wiesmoor
16
Varel
Timmel
8
6
7
12
Westerstede
er
15
Bad Zwischenahn
18
17

OSTFRIESLAND VERLAG – SKN
KRIMINELL GUTE GESCHICHTEN VON DER KÜSTE
Sieben ½ Inseln Sieben ½ Verbrechen
Acht Siele Acht Verbrechen
Neun Gemäuer Neun Verbrechen
Zehn Türme Zehn Verbrechen
Elf Bräuche Elf Verbrechen
Zwölf Speisen Zwölf Verbrechen
mit Krimis von Klaus-Peter Wolf, Hans-Erich Viet, Usch Luhn, Kai Kurgan, Ocke Aukes, Andreas Scheepker, Bernd Flessner, Manfred Reuter, Jutta Oltmanns, Désirée Warntjen, Jan Brandt, Anna Sophie Inden, Anja Reuter, Lübbert R. Haneborger und Silke Arends
JE 14,80 €
12 Speisen 14,95 €
je 192 Seiten | Premium-Taschenbücher | Format 13,8 x 21,5 cm
SIEBEN ½ INSELN – SIEBEN ½ VERBRECHEN
ISBN 978-3-944841-15-1
ACHT SIELE – ACHT VERBRECHEN
ISBN 978-3-939870-99-9
NEUN GEMÄUER – NEUN VERBRECHEN
ISBN 978-3-939870-30-2
ZEHN TÜRME – ZEHN VERBRECHEN
ISBN 978-3-939870-78-4
ELF BRÄUCHE – ELF VERBRECHEN
ISBN 978-3-939870-19-7
ZWÖLF SPEISEN – ZWÖLF VERBRECHEN
ISBN 978-3-944841-29-8
Erhältlich in Ihrer Buchhandlung oder in den SKN Kundenzentren
Norden · Neuer Weg 33 und Norderney · Wilhelmstraße 2
Telefon: 0 49 31/ 9 25 - 2 27 · E-Mail: buchshop@skn.info
Portofrei* bestellen im Internet: www.skn-verlag.de
(* für Privat-Kunden)

BROKEN SILBER
THIELE
TEE
ECHTE OSTFRIESISCHE MISCHUNG
HÖCHSTE QUALITÄT
Selbst in den spannendsten Momenten
darf für Ostfriesen eines nie fehlen:
eine gute Tasse THIELE TEE.
Denn bei höchster Qualität
gibt es keine Kompromisse.
Darauf können Sie sich
verlassen!
Ihr Franz Thiele
PERSÖNLICH VERBÜRGTE QUALITÄT
THIELE TEE
Höchste Qualität seit 1873
www.thiele-tee.de | thieletee@t-online.de

OSTFRIESLANDS
MOORE UND FEHNE
Edition Ostfriesland Magazin
Fotografie: Martin Stromann
OSTFRIESLANDS
MOORE UND FEHNE
VON PAPENBURG
BIS AN DIE NORDSEEKÜSTE
Format 30 x 24 cm | 196 Seiten |
hochwertige Ausstattung |
ausklappbare Panoramabilder |
Spotlackierung auf dem
Schutzumschlag.
ISBN 978-3-944841-21-2
€ 34,95
Erhältlich in Ihrer Buchhandlung oder in den SKN Kundenzentren
Norden · Neuer Weg 33 und Norderney · Wilhelmstraße 2
Telefon: 04931/925-227 · E-Mail: buchshop@skn.info
Portofrei* bestellen im Internet: www.skn-verlag.de
(* für Privat-Kunden)

EINE EINZIGARTIGE
LANDSCHAFT
VERDIENT EIN EINZIGARTIGES
MAGAZIN
OSTFRIESLAND
Magazin
JEDEN MONAT NEU
DIE KRUMMHÖRN
19 Dörfer hinterm Deich
52 SEITEN LEER-SPECIAL
MILCHLAND IN DER MISERE
FLUGPLATZ IM HÖHENFLUG
Basis für Offshore-Versorgung in Emden
SCHAUSPIELERIN CHRISTIANE PAUL
Exklusiv-Interview: Emmy-Gewinnerin drehte in Norden
SKN Druck und Verlag
Stellmacherstraße 14 | 26506 Norden
Telefon: (0 49 31) 925-144
E-Mail: aboservice@skn.info
www.ostfriesland-magazin.info